# Enid Blyton
## Fünf Freunde 4

Nach einem Drehbuch
von Sebastian Wehlings, Peer Klehmet und Mike Marzuk
basierend auf der gleichnamigen Buchreihe
von Enid Blyton

Geschrieben von Sarah Bosse

Kinder- und Jugendbuchverlag
in der Verlagsgruppe Random House

Verlagsgruppe Random House FSC® N001967
Das für dieses Buch verwendete FSC®-zertifizierte Papier
*Pamo House* liefert Arctic Paper Mochenwangen GmbH.

1. Auflage 2015
© 2015 cbj, Kinder- und Jugendbuch Verlag
in der Verlagsgruppe Random House, München
Alle deutschsprachigen Rechte vorbehalten
Enid Blytons Unterschrift und *Fünf Freunde*
sind eingetragene Warenzeichen von Hodder and Stoughton Ltd.
© 2015 Hodder and Stoughton Ltd.
Fünf Freunde Film © 2015 SamFilm GmbH/Constantin Film Produktion GmbH
Basierend auf dem Drehbuch von Sebastian Wehlings, Peer Klehmet und Mike Marzuk
nach der gleichnamigen Buchreihe von Enid Blyton.
Geschrieben von Sarah Bosse.
Fotos (Bernd Spauke) & Artwork mit freundlicher Genehmigung von
Constantin Film Verleih GmbH/SamFilm/Alias Entertainment
Umschlaggestaltung: basic-book-design, Karl Müller-Bussdorf
SaS · Herstellung: AJ
Satz: Uhl + Massopust, Aalen
Druck: GGP Media GmbH, Pößneck
ISBN 978-3-570-17121-9
Printed in Germany

www.fuenf-freunde.com
www.cbj-verlag.de

CONSTANTIN FILM PRÄSENTIERT EINE SAMFILM PRODUKTION „FÜNF FREUNDE" NACH DER GLEICHNAMIGEN REIHE VON ENID BLYTON VALERIA EISENBART QUIRIN OETTL JUSTUS SCHLINGENSIEPEN NEELE MARIE NICKEL ARMIN ROHDE ANJ JOHANN VON BÜLOW MICHAEL FITZ ANATOLE TAUBMAN ANNA BÖTTCHER CASTING STEFANY POHLMANN MASKE DOROTHEA GOLDFUSS HEIKO WENGLER-RUST KOSTÜME SILKE FABER LINE PRODUCER KARLHEINZ GANZER ORIGINATION QUIRI DUNO DESIGN WAVEFRONT STUDIOS MISCHUNG TSCHANGIS CHAHROKH FILMMUSIK WOLFRAM DE MARCO SONGS TOBIAS KUHN SEBASTIAN WEHLINGS SCHNITT TOBIAS HAAS SZENENBILD MANFRED DÖRING KAMERA BERNHARD EXECUTIVE PRODUCER CHORION RIGHTS LIMITED EXECUTIVE PRODUCER CLIFFORD WERBER DREHBUCH PEER KLEHMET SEBASTIAN WEHLINGS PRODUZENTEN ANDREAS ULMKE-SMEATON EWA KARLSTRÖM REGIE MIKE MARZUK

SAMFILM ALIASENTERTAINMENT /5FREUNDE FUENF-FREUNDE.COM FFF Bayern Constantin Fi

 Kapitel 1

Ibrahim stieß ein wohliges »Ahhh!« aus und ließ den Moment auf sich wirken. Er liebte das geschäftige Treiben auf dem großen Marktplatz in Kairo: die Melodie von Tausenden durcheinanderplappernden Stimmen, das Rufen der Marktleute, die ihre Waren feilboten, das Schreien der Esel und das Hupen der knatternden Mopeds, die bunten Farben und die Gerüche, die von den Gewürzständen, den Straßenküchen und den Obstkisten aufstiegen. Wohin man sah, ein Gedränge und Gewusel. Und mitten darin er, Ibrahim, Obsthändler aus Leidenschaft! Sein halbes Leben hatte er hier verbracht auf diesem Markt.

Dann entdeckte er Auni mit seinem pechschwarzen Haar, den abgewetzten Jeans und der sandfarbenen Weste. Er sprang gerade von einem Eselskarren herab. Ibrahim mochte diesen Bengel. Wie alt war er jetzt? Vierzehn? Oder gar schon fünfzehn? Was Ibrahim jedoch das Herz zerriss, war, dass Auni sich als Dieb seinen Lebensunterhalt verdiente. Es war ein Trauerspiel, dass der Junge sich nicht anders zu helfen wusste. Andererseits schien ihm das Klauen sogar Spaß zu machen. Und da hatte er auch schon wieder ein leichtes Opfer gefunden! Ein paar Touristen standen über einen Stadtplan gebeugt und versuchten, sich zu orientieren. Da half Auni ihnen doch gern weiter. Ibrahim seufzte. Es war ja klar, dass einer von ihnen gleich sein Portemonnaie vermissen würde.

Im Vorbeigehen schnappte Auni sich noch ein paar Datteln vom nächstbesten Stand und ließ sie im Mund verschwinden.

Kurzentschlossen packte Ibrahim ein paar frische Früchte in eine Papiertüte, lief auf Auni zu, der den alten Händler noch nicht bemerkt hatte, und packte den Jungen mit festem Griff am Arm. Für einen kurzen Moment erschrak Auni und fühlte sich ertappt, doch Ibrahim schimpfte nicht, sondern schenkte dem Jungen einen gütigen Blick.

»Estanna, Auni!«, sagte Ibrahim und drückte ihm die Tüte in die Hand. »Das nächste Mal frag einfach, wenn du Hunger hast, mein Junge.«

Auni nickte ein wenig verlegen und lächelte den alten Händler an, nachdem er einen Blick in die reich gefüllte Tüte geworfen hatte. »Danke, Ibrahim«, sagte er leise, und dann war er auch schon wieder auf und davon.

Ibrahim sah ihm kopfschüttelnd nach und fragte sich, was aus dem Jungen wohl einmal werden würde. Plötzlich fühlte sich der alte Mann müde. Da kam es ihm gerade recht, dass sein Kollege am Stand erschien, um ihn abzulösen. Eine kleine Pause würde ihm guttun. »Hey, Ibrahim!«, rief der Kollege. »Ich übernehme jetzt.«

Ibrahim nickte ihm dankbar zu. »Shokran, ich bin in einer Stunde wieder da.«

Sein Kollege winkte ihm fröhlich zu. »Inshallah! Alles in Ordnung, bis später!«

Ibrahim machte sich auf den Weg zu seiner wohlverdienten Pause, schob sich mit den vielen Menschen durch die engen Gassen des Marktes und erwiderte lachend die Grüße der anderen Marktleute. Sie alle kannten sich seit langer Zeit, in einer Weise waren die Händler wie eine große Familie. Hier half man sich gegenseitig, man war füreinander da, und Ibrahim, den mochten sie alles besonders.

Und so kam es dem alten Mann gar nicht in den Sinn, dass irgendwo im Gewühl jemand auf ihn lauern könnte, der es nicht gut mit ihm meinte.

Erst als er in die Straße einbog, die zu seinem Haus führte, und das schwarze Motorrad ihm immer noch folgte, ahnte er plötzlich, dass etwas nicht stimmte. Er hatte es schon vorher bemerkt, dem aber keine große Bedeutung beigemessen. Wer sollte schon etwas von ihm, dem einfachen Gemüsehändler, wollen?

Doch jetzt in der Gasse kam ihm das düstere Gefährt unangenehm nahe. Der schwarz gekleidete Fahrer wirkte bedrohlich. Ibrahim beschleunigte seine Schritte, aber das Motorrad fuhr immer dichter auf.

Der alte Mann begann zu rennen, soweit er es noch vermochte, denn die Füße trugen ihn nicht mehr so schnell. Rasch kam er außer Atem. Schon meinte er, die rettende Wegkreuzung erreicht zu haben, als von der linken Seite ein schwarzer Van angeschossen kam und sich ihm in den Weg stellte. Beinahe wäre Ibrahim mit dem Auto zusammengeprallt. Verwirrt blieb er stehen, als auch schon zwei finstere Gestalten aus der Seitentür des Wagens gesprungen kamen. Sie trugen Kutten von derselben tiefschwarzen Farbe mit einer auffälligen roten Applikation, die Kapuzen tief in die Gesichter gezogen.

»Was… Was soll das?«, stammelte der alte Mann. »Was wollt ihr? Hilfe!«

Doch seine Hilferufe verhallten. Kaum dass er sie ausgestoßen hatte, wusste er, dass ihm niemand zu Hilfe kommen würde. Schon hatten sie ihn gepackt und unsanft in den Van gestoßen. Mit quietschenden Reifen schoss das Fahrzeug davon. Das Motorrad folgte.

Zusammengekauert wie ein kleines Kind drückte sich Ibrahim in eine Ecke des Wagens. »Wer seid ihr?«, fragte er mit gebrochener Stimme. Doch die Männer blieben stumm und ihre Gesichter im Dunkeln der Kapuzen verborgen.

Ibrahim begann zu zittern. Er hatte Angst. Was wollten diese Männer nur von ihm? Da musste es sich doch um eine Verwechslung handeln!

In diesem Moment wurde er jäh zur Seite geschleudert, als der Wagen scharf abbremste und einen unsanften Haken schlug. Ibrahim konnte nicht wissen, dass sie soeben im letzten Moment Auni ausgewichen waren, der gedankenverloren über die Straße geschlendert war und nun dem Van wüste Beschimpfungen hinterherrief.

Ibrahim nutzte die Gelegenheit, um zu versuchen, sich ein wenig aufzurichten und aus dem Seitenfenster zu blicken. Doch im selben Augenblick wurde er schon unsanft von einem der Männer in die Ecke zurückgeschoben. »Schön sitzen bleiben, alter Mann«, knurrte der Entführer.

»Aber, ich bin doch nur ein einfacher Gemüsehändler«, entgegnete Ibrahim flehend. »Bei mir ist nichts zu holen. Bitte, was wollt ihr von mir?«

»Von dir wollen wir gar nichts«, raunte der Entführer spöttisch.

»Aber ...« Ibrahim war völlig verwirrt. »Ich verstehe nicht ... Warum?«

Der Kapuzenmann beugte sich ein wenig vor, gerade so, dass sein Gesicht noch halb im Schatten blieb, und säuselte mit einem süffisanten Unterton: »Wir wollen etwas von jemandem, der dich sehr mag.«

Damit lehnte sich der Dunkelgekleidete zufrieden seufzend zurück.

Ibrahim war ein guter Beobachter. Ihm war nicht entgangen, dass der goldene Ring, den der Entführer nervös hin und her drehte, ein Symbol trug: Das Abbild eines Stiers.

Auch war Ibrahim ein kluger Mann. Er wusste, es hatte keinen Sinn, sich gegen diese Männer zu wehren. Sie waren ihm allemal überlegen.

Ibrahim dachte nach.

Zur selben Zeit standen die Fünf Freunde viele Tausend Kilometer weit entfernt in einem Museum vor einer Vitrine und bestaunten eine antike Vase. Anne, ihre Brüder Julian und Dick sowie ihre Cousine George hatten Bernhard Kirrin, den Vater von Anne und ihren Brüdern, ins Museum begleitet, wo er eine groß angelegte Ausstellung über die Pharaonen vorbereitete. Georges Hund Timmy lief heute brav an der Leine.

Julian und Dick hatten aber vor allem Augen für Elena, eine Mitarbeiterin des Museums und Assistentin ihres Vaters. Die charmante junge Frau kam aus Ägypten und war mit ihrem schwarzen Haar, dem bronzefarbenen Teint und den dunklen Augen durchaus eine Augenweide.

Nicht ohne Stolz präsentierte Bernhard Kirrin den Kindern die Exponate und inzwischen merkte man ihm die Anspannung an. Die Eröffnung der Ausstellung stand kurz bevor und die letzten Wochen konzentrierter Arbeit hatten ihre Spuren hinterlassen.

»*Die Wunderwelt der Pharaonen.* So soll der Titel unserer Ausstellung lauten«, erklärte er den Kindern und sah sie erwartungsvoll an. »Nicht zu hoch gegriffen, oder?«

Doch die Kinder nickten zustimmend.

»Auf keinen Fall, Papa«, sagte Dick.

Und auch George versicherte, der Titel klinge sehr gut, was Timmy mit einem lauten Kläffen bestätigte. George warf lachend den Kopf in den Nacken. »Siehst du, wenn Timmy das schon sagt! Er hat einen unfehlbaren Geschmack.«

Jetzt musste auch ihr Onkel lachen und wuschelte Timmy mit der Hand über den Kopf. »Danke, George, ich freu mich auf jeden Fall sehr, dass ihr eure Ferien diesmal bei uns verbringt.« Etwas verlegen kratzte sich Bernhard Kirrin am Kopf und drehte sich zu seinen Kindern um. »Äh, also, mein Bruder Quentin und Tante Fanny sind sicherlich auch mal froh, einen Sommer ohne euch Quälgeister verbringen zu können.«

Beleidigt zogen Julian, Dick und Anne eine Grimasse. So schlimm waren sie doch nun auch wieder nicht! Was redete ihr Vater denn da!

Jetzt musste Bernhard aber über das ganze Gesicht grinsen. »Alles gut, das war nur ein Scherz! Ich freu mich wirklich, dass ihr alle hier seid!«

Er machte ihnen ein Zeichen, ihm zu folgen. »Und jetzt kommt mal mit, ich will euch etwas ganz Besonderes zeigen. Seht euch das mal an…« Er führte die Kinder zu einer Vitrine, in der ein außergewöhnlich schönes goldenes Armband ausgestellt war. Man konnte deutlich erkennen, dass Hieroglyphen eingraviert waren.

»Wow!« Dick war total begeistert und hätte am liebsten seine Nase an der Glasscheibe plattgedrückt, doch im letzten Moment schreckte er zurück. Bestimmt war sie alarmgesichert! »Und ist das wirklich aus purem Gold?«

»Na, klar«, antwortete sein Vater.

»Hm«, machte Anne, denn sie musste feststellen, dass sie leicht verschwommen sah. Sie sollte wohl doch besser ihre Brille aufsetzen, auch wenn ihr das ungemein lästig war. Wie eine vornehme Dame hielt sie sich die Gläser vor die Augen. »Echt schick! Würde mir bestimmt gut stehen.« Demonstrativ hob sie das Handgelenk.

Ihr Vater legte ihr die Hand auf die Schulter. »Wartet erst mal, bis wir in den nächsten Raum kommen, da ist nämlich die eigentliche Sensation!«

»Die eigentliche Sensation?«, flüsterte George Julian zu. »Da bin ich aber neugierig.«

Doch Julian schenkte seine Aufmerksamkeit allein Elena, die neben ihm in den anderen Ausstellungsraum hinüberging und an deren Handgelenk er ein ebenfalls sehr hübsches Armband entdeckte. Höchste Zeit für ein Kompliment an die schöne Frau!

»Du hast aber auch ein sehr schönes Armband, Elena«, sagte er und lächelte charmant.

Das war Dick natürlich nicht entgangen. Er durfte bei Elena nicht ins Hintertreffen geraten. »Ja, das wollte ich auch gerade sagen. Steht dir echt gut, das Armband! Ist bestimmt von deinem Freund, oder?«

Meine Güte, da muss man sich ja fremdschämen, dachte George und stieß Anne an. Die verdrehte demonstrativ die Augen. Meine Brüder ticken nicht ganz richtig, sollte das heißen.

Und als Elena sich dann bei den Jungen für die Komplimente bedankte und ihnen versicherte, sie habe keinen Freund, erröteten Julian und Dick auch noch!

Peinlich berührt wandten sich George und Anne ab. Das konnte ja noch was werden!

Wie gut, dass ihre Aufmerksamkeit auf etwas anderes gelenkt wurde. Bernhard Kirrin hatte nicht zu viel versprochen. Da wartete wirklich eine Sensation auf sie, denn nun fanden sie sich vor einem geöffnete Sarkophag wieder! Die kunstvollen Verzierungen waren verblasst, doch ihre einstige Schönheit war noch heute zu erkennen. Was aber das Bemerkenswerteste war: In seinem Innern lag tatsächlich eine Mumie.

Anne starrte hinein und wusste nicht, ob sie fasziniert oder angeekelt sein sollte. Sie verzog den Mund, als sie sah, dass Dick nichts Eiligeres zu tun hatte, als die Mumie mit seinem Handy zu filmen.

Timmy reckte witternd die Nase nach der Mumie, doch George hielt ihn an der kurzen Leine zurück.

Nachdem die erste Überraschung vorbei war, ergriff der Vater das Wort und deutete mit einer theatralischen Geste auf den mumifizierten Leichnam. »Hier ist er, der Sarkophag mit der Mumie des Pharaos Ni-Hor. Über fünftausend Jahre alt!«

So alt? Anne staunte nicht schlecht. Jetzt wollte sie es aber doch genauer wissen und trat neugierig näher. »Über fünftausend Jahre?«, wiederholte sie.

Ihr Vater nickte stolz. Für ihn war es etwas wirklich Besonderes, dieses Exponat als Teil seiner Ausstellung präsentieren zu dürfen. »Aber ja! Ein herausragendes Beispiel der Mumifizierungskunst.«

»Aus Harz und anderen pflanzlichen Zutaten wurde dieser einzigartige Konservierungsstoff entwickelt«, wusste Dick zu berichten und freute sich, einmal mehr die Gelegenheit zu haben, sein großes Allgemeinwissen zum Besten zu geben, zumal in Gegenwart der schönen Elena.

Und diese zeigte sich tatsächlich beeindruckt. »Da kennt sich aber jemand aus«, sagte sie und zwinkerte ihm charmant zu, was direkt von Dick mit seiner Handykamera festgehalten wurde, indem er das Gesicht der jungen Wissenschaftlerin heranzoomte.

Ein kräftiger Atemstoß seines Bruders trug ihm die Worte »Du-bist-so-peinlich!« ins Ohr.

Wie in einem Reflex nahm Dick das Handy herunter. Doch er dachte gleichzeitig: Was soll's, ich habe ihr bezauberndes Lächeln eingefangen.

Von dieser kleinen Szene bemerkte sein Vater überhaupt nichts. Er war nun voll in seinem Element. »Die Mumie von Ni-Hor lag jahrzehntelang in einem Hochsicherheitstrakt«, erklärte er weiter und wandte den Blick seiner Mitarbeiterin zu. »Es ist ausschließlich Elena zu verdanken, dass sie morgen erstmals der Öffentlichkeit präsentiert werden kann.«

Doch Elena winkte bescheiden ab. »Ach, das ist wirklich zu viel der Ehre.«

Endlich sah Julian seine Chance, bei der jungen Frau zu punkten, und sprang seinem Vater bei. »Nein, nein, Ehre, wem Ehre gebührt.«

Wie ein Echo pflichtete Dick seinem Bruder bei.

George und Anne konnten sich ein Grinsen nicht verkneifen. Bei den beiden hatten sich wirklich diverse Schrauben gelöst. Da waren sie sich einig.

Mit einem Räuspern warf der Vater einen Blick auf seine Armbanduhr. »Na, dann wollen wir mal was essen gehen, oder? Kommen Sie mit, Elena?«

Doch Elena zuckte entschuldigend mit den Schultern und bat um Verzeihung. »Das würde ich wirklich sehr gerne, aber im Büro wartet noch jede Menge Arbeit auf mich. Es tut mir leid.«

Die Enttäuschung stand Julian und Dick ins Gesicht geschrieben.

»Ihr werdet es überleben«, zischte George ihnen zu.

»Was meinst du damit?«, fragte Dick völlig unschuldig, doch George schenkte ihm als Antwort nur ein Achselzucken.

Anne holte tief Luft. Sie hatte den Anblick dieses toten Pharaos nicht unbedingt als appetitfördernd empfunden.

Lustlos trottete sie hinter den anderen her. Ihr Hunger hielt sich wirklich sehr in Grenzen.

Gerade traten sie aus dem Museum und schritten langsam die Treppe vor dem Portal hinab. George bedankte sich bei ihrem Onkel für die private Führung und versicherte ihm, sie glaube, dass die Ausstellung ein Riesenerfolg werde, da fiel Anne brandheiß etwas ein.

Ihr Vater hatte bereits den Autoschlüssel aus der Hosentasche gefischt und die Kinder gefragt, was sie gern essen würden, da entfuhr Anne ein lautes: »Mist!«

Sie war so abrupt stehen geblieben, dass Dick beinahe in sie hineingekracht wäre. »Was ist denn los?«, maulte er.

Anne seufzte laut und ließ die Schultern hängen. »Ich habe meine Brille vergessen.«

Jetzt kramte ihr Vater in der Jackentasche herum und warf seiner Tochter den anderen Schlüsselbund zu. »Hier sind die Schlüssel zum Museum. Aber schließ bitte wieder vernünftig ab. Ich hole schon mal den Wagen.« Dann klopfte er sich auf den Oberschenkel. »Kommst du mit, Timmy?«

Doch Anne rührte sich nicht von der Stelle und blickte von einem zum anderen.

»Worauf wartest du?«, fragte George. »Beeil dich.«

16

Anne schürzte die Lippen. »Ich... Äh... Also... irgendwie finde ich diese Mumie und so...«

Jetzt musste Julian lachen. »Schon klar, kleine Schwester. Wir kommen mit.«

Es war spannend, wie sie da durch die Fluchten des menschenleeren Museums eilten. Ihre Schritte hallten von den hohen Wänden wider, steinerne Gesichter blickten von den Stelen herab, und der Sonnenschein, der durch die Museumsfenster fiel, malte bizarre Lichtspiele auf den Marmorboden.

Anne lief vorweg. Sie hatte sich den Weg durch die langen Flure gut gemerkt. Schon bald erreichten sie die Tür, die in den Ausstellungsraum führte, in dem der Pharao aufgebahrt lag.

Gerade wollte sie den Fuß über die Schwelle setzen, da nahm sie aus dem Augenwinkel heraus eine Bewegung wahr. Da stand eine Gestalt, die in eine schwarze Kutte gehüllt war. Die Gestalt beugte sich über die Mumie. Sie schnitt mit einem Messer am Kopf des Pharaos herum!

Anne spürte Übelkeit aufsteigen. Sie konnte nicht verhindern, dass ihr ein lauter Schrei entfuhr.

# Kapitel 2

Julian und Dick zögerten keine Sekunde. Aufgeschreckt durch Annes Schrei schnitt die Gestalt nun hektisch weiter an der Mumie herum, doch die Brüder waren schon losgespurtet. »Hey, Sie da!«, rief Julian, der als Erster in den Raum stürmte.

Dick folgte ihm auf dem Fuße. »Los, den schnappen wir uns!«, feuerte er die anderen an.

Auch George und Anne rannten nun hinterher. Anne gruselte es so sehr bei dem Anblick. Wie konnte dieser Typ da mit dem Messer im Gesicht der Mumie herumschnippeln? Die Gestalt blickte hektisch auf und fluchte, doch ihr Gesicht blieb im Schatten der Kapuze verborgen. Dann griff sie in den Mund des Pharao und war auch schon verschwunden.

»Los, hinterher!«, brüllte Julian und ruderte wild mit dem Arm.

»Halt!« und »Stehen bleiben!«, riefen die Freunde

wild durcheinander, während sie den Kuttenträger durch die schlecht beleuchteten und verwinkelten Fluchten und Gänge verfolgten. Anne konnte kaum mithalten, die Lunge fing an zu brennen. Fast wäre sie auf dem glatten Marmor ausgerutscht, als sie um eine Ecke rannte.

Keuchend gelangten sie an eine Treppe und mussten zusehen, wie die Gestalt mit der Kutte soeben die letzte Stufe nahm, hinter einer schweren Stahltür verschwand und mit der flachen Hand auf einen großen roten Knopf drückte.

Mit letzter Energie hasteten die Freunde die Treppe hinauf, doch die Tür fiel direkt vor ihrer Nase ins Schloss.

George packte den Griff und rüttelte daran, aber Dick schüttelte den Kopf und stieß nach Luft ringend hervor: »Vergiss es, George. Brandschutztür. Die kriegst du nicht auf.«

George schlug mit der Faust auf das Türblatt. »Mist!«

Enttäuscht und mit hängenden Köpfen kamen die vier zurück in den Ausstellungsraum und stellten sich rund um den Sarkophag auf.

»Was hat der da nur mit dem Messer gemacht?«, fragte Dick.

Julian machte einen Schritt auf die Mumie zu und steckte ihr beherzt den Finger in den Mund.

»Igitt!«, schrie Anne angewidert und packte ihren Bruder am Arm. »Julian, lass das. Das ist ekelig!«

Aber Julian war das egal. Der Pharao war schließlich viele Tausend Jahre tot, einbalsamiert, ausgetrocknet, was war daran schon schlimm? Julian wollte wissen, was hier los war, und fühlte mit dem Finger nach. »Warte!« Ungeduldig schüttelte er Annes Hand ab. »Da ist was drin.«

»Ja, ein fünftausend Jahre alter toter König ist da drin«, jammerte Anne angewidert.

»Ha! Und das hier«, rief Julian und präsentierte den Freunden auf dem Handteller, was er gerade aus der Mundhöhle der Mumie gefischt hatte: ein Amulett, das golden und geheimnisvoll im spärlichen Licht glänzte.

»Wow!« Dick war plötzlich ganz aufgeregt. »Da war der Typ also hinterher!«

George beugte sich vor, um das Amulett genauer in Augenschein zu nehmen. »Scheint also ziemlich bedeutend zu sein, das Teil.«

Julian nickte fasziniert. »Sieht ganz so aus. Ich bin gespannt, was Papa und Elena dazu sagen werden …«

Kurz darauf fanden sich die Freunde mit dem Vater in dessen Büro wieder. Dick war hinausgeflitzt, um ihn und Timmy rasch hereinzuholen.

Bernhard Kirrin betrachtete das goldene Amulett unter einer großen beleuchteten Lupe und staunte. Langsam drehte er es hin und her und mochte seinen Augen kaum trauen. »Das ist unglaublich!« Er nahm einen Kugelschreiber zur Hand und zeigte mit der Spitze auf verschiedene Stellen. »Hier, die Abbildung des Pharao

mit den Stierhörnern. Und dann die Hieroglyphen...
hier, hier und hier.«

Er richtete sich auf und sah in die Gesichter der Freunde. »Wenn ich das richtig sehe, ist das eines der Amulette des Stiers! Die Hörner. Und das Zeichen hier. Sein Herrschaftssymbol. Zweifellos.«

Dick wusste, wovon sein Vater sprach. »Amulette des Stiers? Tutalun, nicht wahr?«

»Tutalu-was?«, hakte Anne nach, die sich einmal mehr darüber wunderte, was ihr Bruder alles im Kopf gespeichert hatte.

»Tutalun«, erklärte ihr Vater geduldig. »Auch genannt ›der Stier‹. Er war angeblich der erste Pharao überhaupt.«

»Er galt in seiner Zeit als Wohltäter des ägyptischen Volkes«, wusste Dick zu berichten. Aber er hatte noch eine weitere, äußerst interessante Information parat und fügte mit geheimnisvoller Stimme hinzu: »Er soll unfassbare Schätze mit in sein Grab genommen haben.«

Für einen kurzen Moment schwiegen sie.

Bernhard Kirrin wog das Amulett in seiner Hand. »Der Legende nach weisen drei Amulette zu Tutaluns Grab«, sagte er schließlich nachdenklich und mehr zu sich selbst.

»Und dies ist offensichtlich eins davon«, stellte Julian fest.

Sein Vater sah ihn an, hielt ihm das Amulett vor die

Nase und nickte. »Das hier… Das hier ist nichts weniger als eine Weltsensation!«

Fasziniert betrachteten sie alle das goldene Schmuckstück. Die Freunde waren so beeindruckt, dass keiner von ihnen wusste, was er sagen sollte.

Doch in diesem Moment klingelte das Telefon und der Zauber des Moments war durchbrochen.

Bernhard Kirrin nahm ab. »Elena!«, rief er in den Hörer. Dann lauschte er schweigend, was die junge Assistentin ihm zu sagen hatte.

»Professor Farouk El Harady«, sagte Bernhard Kirrin schließlich. »Der Leiter des Instituts für Altertum in Kairo?«

Dann legte er auf und hob den Blick. »Der Professor kann es kaum glauben, und er will, dass Elena das Amulett unverzüglich nach Ägypten bringt«, erklärte er den Kindern.

Wie ein Stromschlag durchfuhr es Julian und Dick. Sie tauschten enttäuschte Blicke. Hatten sie da richtig gehört? Doch ehe sie noch zu einem Protest ansetzen konnten, räusperte sich ihr Vater.

»Nun, ich denke, solch ein Fund ist ein Geschenk, das einem Archäologen nur einmal im Leben gemacht wird. Deshalb fliege ich natürlich mit!«

»Und was ist mit uns?«, fragte Anne mit weinerlicher Stimme in die Runde. Wie in einer Kettenreaktion zuckte einer nach dem anderen mit den Schultern und begann zu lächeln.

»Dann fliegen wir eben auch mit«, brachte Dick es auf den Punkt.

Timmy stimmte mit einem »Wuff-wuff!« ein.

Das monotone Dröhnen der Triebwerke drang gedämpft in die Kabine des Flugzeuges. Sie näherten sich ihrem Ziel.

Anne blinzelte durch das Bullauge in den blendend blauen Himmel. Sie hatte einen der Fensterplätze erwischt. »Oh, seht mal da! Da unten!«, rief sie plötzlich. »Das sind doch die ... die ...«

»Die weltbekannten Pyramiden von Gizeh natürlich«, sagte Dick. Klar, dass er das wusste!

»Genau die«, sagte Anne und drückte die Nase an der Scheibe platt. »Und wo ist die ... Wie heißt die noch mal?«

»Die Sphinx?«, fragte Dick.

»Ja, genau die. Kann man die auch sehen?«, fragte Anne.

Dick schob seinen Kopf dicht neben den seiner Schwester und spähte hinunter. »Ja, da, siehst du sie nicht?«

»Oh, ja«, staunte Anne begeistert. Doch dann senkte sich die Maschine in einem schnelleren Tempo und setzte zur Landung an.

»Oh«, machte Anne wieder, doch diesmal klang es weniger begeistert, denn es fühlte sich plötzlich an, als sei ihr der Magen in den Hals gerutscht. Fliegen war toll. Aber wenn man wieder sicher auf dem Boden war, war das noch besser.

In der Ankunftshalle des Flughafens wartete bereits ein Chauffeur auf sie, der in einem etwas zu groß geratenen blauen Anzug aus Polyester steckte, und George fragte sich, ob er darin nicht furchtbar schwitzen musste. Ihr selbst rann der Schweiß über die Stirn, kaum dass sie aus der Maschine gestiegen waren. Aber die Leute leben ja hier und sind das Klima gewöhnt, fiel ihr ein.

Der Mann hielt ein Pappschild in die Höhe, auf dem stand: *Family Kirrin.*

Familie Kirrin, das sind wir!, dachten die Freunde, und das war ein schönes Gefühl. Aber erst mussten sie noch Timmy abholen, der den Flug in einer Transportbox hatte zurücklegen müssen. Er hatte alles bestens überstanden.

»Darin ist er schon Profi«, stellte George stolz fest.

»Folgen Sie mir bitte«, sagte der freundliche Mann im blauen Anzug und deutete einen Diener an. Er nahm Annes Koffer und führte sie zu einem geräumigen Wagen, in dem er sorgfältig das Gepäck verstaute. Dann machte er ihnen ein Zeichen, einzusteigen. »Bitte schön. Der Institutsdirektor Farouk wartet bereits auf Sie.«

Die Fahrt dauerte nicht lange, und nachdem der Fahrer ihnen versichert hatte, er werde ihr Gepäck umgehend zum Hotel bringen, fanden sie sich kurze Zeit später schon in einem riesigen Hörsaal des Instituts für

Altertum wieder und wurden von einem großen, schlanken und gut gekleideten Mann mit Schnäuzer begrüßt. Er wirkte sehr sympathisch und stellte sich als Farouk El Harady vor, der Leiter des Instituts.

Bernhard Kirrin hatte dem Wissenschaftler soeben das Amulett übergeben, und dieser betrachtete es eingehend im Licht der grellen Neonröhre, die über dem Pult hing.

»Tutalun der Erste! Ich kann es kaum fassen.« Fasziniert drehte er es unter einer Lupe hin und her.

Die Freunde konnten nicht leugnen, dass es sie mit Stolz erfüllte, der Wissenschaft einen solch großen Dienst erwiesen zu haben. Daher schmeichelten ihnen die Worte Farouks ungemein, als dieser mit einer Verbeugung sagte: »Herr Kirrin! Unser Land ist Ihnen zu großem Dank verpflichtet. Und auch Ihnen, Elena. Wenn Sie noch ein paar Tage hier in Ägypten bleiben wollen, wäre es uns eine Ehre, für die Kosten aufkommen zu dürfen.«

Bernhard Kirrin lächelte bescheiden. »Das hört sich ja toll an. Vielen Dank.«

Doch in diesem Moment mischte sich Timmy mit lautem Kläffen ein. George ermahnte ihn, ruhig zu sein, und entschuldigte sich beim Leiter des Instituts.

Aber dieser schenkte ihr ein verständnisvolles Lächeln und streichelte Timmy über den Kopf. »Schon gut. Ich habe selber einen Hund, wenn auch eine kleinere Ausgabe.«

Dann wandte er sich an Elena. »Nun ja… Vielleicht wollen Sie, liebe Elena, unserem Besuch ein bisschen die Stadt zeigen?«

Und während er dies sagte, begann er bereits, seine Unterlagen vom Pult zu nehmen und in seiner Aktentasche zu verstauen, was Anne als ziemlich unhöflich empfand. Schließlich hatten sie den weiten Weg hierher gemacht, um ihm dieses wertvolle Amulett zu bringen, das ja ganz offensichtlich von großer Bedeutung für ihn war. Und nun hatte er nichts Eiligeres zu tun, als sich von ihnen zu verabschieden? Timmy hatte vollkommen recht mit seinem Gekläffe!

Ihr Vater dachte wohl dasselbe. Nur um das Amulett abzuliefern und dann wieder zu gehen, deswegen waren sie nicht extra angereist. Es war ja nicht so, als würde ihn die Sache nicht neugierig machen. Schließlich lag die Mumie in seinem Museum! Daher erwiderte er freundlich: »Ach, wissen Sie, das kann warten. Vielmehr würde es mich interessieren, was mit den beiden anderen Amuletten ist.«

Mit dieser Reaktion hatte Farouk El Harady offensichtlich nicht gerechnet, denn er schien vollkommen irritiert. »Was meinen Sie?«

»Na ja, das erste Amulett war…«, setzte er zu einer Erklärung an, doch Dick fiel ihm sogleich ins Wort. »In der Mumie des Pharao Ni-Hor versteckt.«

»Und der hatte zwei Brüder«, fuhr George fort.

Ihrem Onkel war es schon fast ein bisschen unangenehm, dass die Kinder ihr Wissen so frei heraus zum Besten gaben.»Wie Sie merken, haben sich die Kinder ein wenig schlau gemacht.«

»Vielleicht befinden sich die beiden anderen Amulette ja in deren Mumien«, ergänzte Julian.

Der Institutsleiter war wirklich überrascht und schwieg für einen Moment. Dann kratzte er sich nachdenklich am Kinn und sagte:»Interessante Theorie.«

Und da Farouk nicht von selbst darauf zu sprechen kam, fragte Bernhard Kirrin:»Befinden sich die Mumien der beiden Brüder nicht bei Ihnen in der Sammlung?«

Aber Farouk, der jetzt damit beschäftigt war, sein Halstuch in einer Schale mit Wasser zu tränken, um sich etwas Abkühlung zu verschaffen, bedauerte.»Leider nein. Die Mumie des jüngeren Bruders wurde vor vielen Jahren bei einer Auktion von einem Privatsammler ersteigert, der anonym bleiben wollte.«

Bei dieser Information lief Anne eine Gänsehaut über den Rücken. Wer kauft sich denn eine total tote und einbalsamierte Leiche als Deko für zu Hause, dachte sie angewidert.

»Aber die Mumie des älteren Bruders ist hier?«, hakte ihr Vater nach.

»Ja, über deren Fund stand doch sogar letztens etwas in der Zeitung!«, rief Dick eifrig.

George beobachtete Farouk mit Adleraugen, als er stammelte:»Äh, ja, das ist richtig.«

Irgendetwas an seinem Verhalten war sonderbar. Er müsste doch mit Feuereifer bei der Sache sein und gleich nach dem nächsten Amulett suchen wollen! Und nun warf er Elena auch noch einen irritierten Blick zu, als sei ihm die Situation mehr als unangenehm. Wollte er etwa sämtliche Lorbeeren alleine ernten?

»Können wir uns die mal ansehen?«, hakte ihr Onkel noch einmal nach.

Farouk riss die Augen auf. »Sie wollen die Mumie aufschneiden?«

Bernhard Kirrin schüttelte nachsichtig den Kopf. »Nein, nein, wir können doch eine Ultraschalluntersuchung machen.«

Farouk winkte ab. »Äh, nein, das wird leider nicht gehen. Unser Ultraschallgerät ist defekt. Tut mir leid.«

Georges Augen waren inzwischen eng wie Schlitze. Er will uns abwimmeln, das will er, dachte sie.

Aber Bernhard Kirrin zwinkerte seinem ägyptischen Kollegen zu. Er hatte die Lösung parat. »Kein Problem. Ich habe ein kleines Ultraschallgerät im Hotel. Wissen Sie, meinen ›Werkzeugkoffer‹ habe ich auf Reisen immer dabei.«

»Oh, wirklich!« Farouk tat begeistert.

Sogleich wandte der Vater sich an die Freunde. »Seid so lieb und holt es aus dem Hotel, ja?«

»Klar!«, rief George. Dem Typen würden sie doch glatt ein Schnippchen schlagen!

Elena sah sie ernst an und hob mahnend die Hand.

»Wenn ihr durch die Altstadt geht, dann passt gut auf. Da sind Taschendiebe unterwegs.«

Anne wurde es etwas mulmig. Wie gut, dass Timmy dabei war! Timmy würde sicher auf sie aufpassen und einem gemeinen Dieb glatt in den Hosenboden beißen. Außerdem waren ja ihre großen Brüder bei ihr.

»Wir sind schließlich keine Amateure«, versicherte Dick Elena, und wie um es ihr zu demonstrieren, warf er nonchalant sein Portemonnaie in die Höhe, um es ganz lässig wieder aufzufangen.

»Da hat Dick ausnahmeweise mal recht«, bestätigte Julian im selben Moment, als die Geldbörse mit einem lauten Platschen auf dem Boden landete.

Julian verdrehte die Augen. »... oder auch nicht.«

George bückte sich nach dem Portemonnaie und gab es ihrem Cousin. »Also los, worauf warten wir. Aber steck es gut weg!«

»Ist klar!«, raunte Dick. Als ob er nicht auf seine Geldbörse aufpassen könnte!

# Kapitel 3

Der riesige, überfüllte Marktplatz kam den Freunden vor wie ein tosendes Meer aus Stimmen, Farben und vor allem Gerüchen.

Sie waren bereits auf dem Rückweg vom Hotel und Dick trug das wertvolle Ultraschallgerät in einem Rucksack auf dem Rücken. Die anderen hatten es gut im Blick. Das konnte ihnen so schnell keiner klauen.

Anne achtete darauf, immer in Reichweite ihrer Brüder zu sein. Sie hatte viel zu große Angst, in dem Gewühl verloren zu gehen.

Plötzlich blieb Dick stehen und fasste sich mit verkniffener Miene an den Bauch. »Leute, ich sag euch, Weltgeschichte umschreiben macht echt hungrig. Ich glaube, ich brauche dringend mal eine Stärkung. Und wie sieht es bei euch aus?«

Julian, Anne und George nickten. Das Frühstück war schon eine Zeit her, ihre Mägen knurrten ebenso. Und dann diese verführerischen Düfte, die ihnen von überall her in die Nase stiegen ... fremd, aber köstlich!

Auf einmal tauchte wie aus dem Nichts ein Junge hinter ihnen auf. Er war in etwa genauso alt wie sie und lächelte freundlich. Es war Auni. Aber seinen Namen konnten sie in diesem Moment nicht kennen. Als seien sie die besten Kumpel, legte er Dick und Julian die Arme über die Schultern. »Hey, my friends. Wo kommt ihr her? Germany? Ich liebe Deutschland. Kenne ich gut. Aus dem Fernsehen. Ich will auch mal nach Amsterdam.«

Dick sah den Jungen mit gespieltem Mitleid an. »Tja, also, Amsterdam, das liegt immer noch in den Niederlanden.«

Der Junge boxte ihn leicht gegen die Schulter und lachte. »War'n Joke, Mann! Ist doch logo. Aber das Essen in Deutschland. Echt lecker. Fish and chips und so.«

Anne seufzte. Dieser Junge nervte. »Das isst man in England«, klärte sie ihn auf.

»Oh, ihr seid aus England?«, sagte der Junge. »Cool! Ich liebe den Eiffelturm!«

»Eiffelturm in England, ja, ist klar«, spottete Dick. Wollte dieser Typ sie denn komplett auf den Arm nehmen oder war der wirklich so dumm?

Jetzt lachte er auch noch und klopfte Julian kameradschaftlich auf die Schulter. »War nur ein Spaß.« Und dann holte er eine alte, geflickte Polaroid-Kamera aus der Tasche und richtete den Sucher auf George aus.

Für einen Moment war George verwirrt und setzte eine skeptische Miene auf.

Schon hatte er abgedrückt und hielt ihr das Foto entgegen. »10 Pfund«, erklärte er. »Gut investiertes Geld. Schön wie ein Model.«

Aha, daher wehte also der Wind. George winkte energisch ab. »Nein danke!«

Zum Glück ließ sich der Junge schnell abwimmeln. Er nahm die Kamera herunter und zuckte mit den Schultern. »Okay, schade. Dann nicht. Ciao, ciao! Und grüßt mir England.«

Mit einer Verbeugung verschwand er im Gewühl des Marktes.

»Was für ein Typ!«, stöhnte George und sah dem Jungen einen Moment gedankenverloren hinterher. Man konnte kaum noch seinen schwarzen Lockenkopf ausmachen.

»Aber irgendwie war der auch cool«, sagte Dick.

In diesem Moment stieß Julian einen lauten Fluch aus. »Mist!«

Anne zuckte erschrocken zusammen. »Was ist los?«

Hektisch klopfte Julian seine Taschen ab. »Mist! Mist! Mist! Mein Portemonnaie ist weg!«

Erschrocken packte auch Dick sich an die Gesäßtasche, in der immer seine Geldbörse steckte. »Meins auch!«

Anne (Neele Marie Nickel), ihr Vater Bernhard (Samuel Finzi)
und die ägyptische Kollegin Elena (Lucie Heinze) begutachten
die über 5000 Jahre alte Mumie (v.l.n.r.).

Die Fünf Freunde finden ein goldenes Amulett in einem uralten
Sarkophag. Timmy, der Hund, Dick (Justus Schlingensiepen),
George (Valeria Eisenbart), Anne und Julian (Quirin Oettl)
können ihren Augen kaum trauen.

Julian, der Straßenjunge Auni (Omid Nemar) und Dick geben ein gutes Team ab.

Wird der Staatsanwalt (Pasquale Aleardi) Bernhard glauben?

Bernhard beteuert seine Unschuld.

Die Fünf Freunde vertrauen sich der Ägypterin Elena an.

Werden die Freunde beweisen können, dass Bernhard
unschuldig ist?

Ganz schön knapp: Können die Fünf Freunde ihrem Verfolger
entkommen?

Der Mann von der deutschen Botschaft, Steven Taylor,
(Jens Atzorn) ist den Fünf Freunden dicht auf den Fersen.

Die Fünf Freunde auf der Flucht.

Fliegt die Tarnung auf?

George und Anne inkognito auf einer Party des reichsten Mannes Ägyptens, Harold Bings (Kult-Designer Harald Glööckler).

Auni hat »Wüstenschiffe« organisiert.

George, Anne und Julian reiten auf Kamelen durch die Wüste.

Die Freunde bekommen Verstärkung von dem
Straßenjungen Auni.

Weit und breit kein Ziel in Sicht: Die Fünf Freunde in
gefährlicher Mission.

Ein Griff an die Brusttasche seines Hemdes verriet:
»Verdammt, und mein Handy auch!«

Julian schlug sich mit der flachen Hand auf die Stirn.
»Mann, sind wir blöd!«

»Der Typ hat uns tatsächlich beklaut!«, motzte Dick und stampfte mit dem Fuß auf. »Wie dämlich ist das denn?«

George zog den Mund schief. »Wie blöd sind *wir*!«

»Da hinten ist er noch!«, rief Anne plötzlich.

Die Freunde nahmen die Verfolgung auf.

»In der Gasse da ist er verschwunden«, zischte Anne außer Atem und gab den anderen ein Zeichen.

Und richtig. Als sie um die Ecke bogen, stand der Junge da und war tatsächlich gerade dabei, seine Beute zu inspizieren und das Geld zu zählen.

Doch die Freunde waren nicht vorsichtig genug. Im letzten Moment bemerkte er sie und gab Fersengeld.

»Los, hinterher!«, rief George. »Ihr da lang, wir hier lang!«

Die Freunde schwärmten aus, Julian rannte links herum, Dick und Anne zur rechten Seite durch eine Nebengasse, George und Timmy folgten dem Jungen direkt.

Am Ende der Seitengasse trafen Dick und Anne völlig außer Atem auf George und Timmy, und auch Julian kam im selben Moment angelaufen. Von dem Jungen keine Spur.

Verwirrt drehte Julian sich um sich selbst. »Verdammt, wo ist er?«

»Der kann sich doch nicht in Luft aufgelöst haben!«, schimpfte George.

Doch der Junge blieb wie vom Boden verschluckt. Dick griff sich auf den Rücken und fühlte nach dem Ultraschallgerät. Er spürte Verzweiflung in sich aufsteigen. Sie konnten doch ihre Portemonnaies jetzt nicht so einfach verloren geben. Aber der Vater brauchte das Gerät ...

Mit hängenden Köpfen machten sie sich auf den Weg zum Institut. Das würde sicher eine Standpauke geben. Zu Recht. Wie konnten sie nur so leichtsinnig sein!

Dick kickte aus lauter Wut einen Stein durch die Gasse. »Verflucht! Wo ist nur die Polizei, wenn man sie mal braucht?«

Anne blieb abrupt stehen. »Äh, da?!«

Sie hatten das Ende der Gasse erreicht und diese gab nun den Blick frei auf die große graue Treppe des Instituts für Altertum. An deren Fuß parkten ein Polizeiwagen sowie ein Ambulanzfahrzeug, auf deren Dächern hektisch blaue Lichter blinkten.

»Was ist da los?«, brüllte Julian und spurtete als Erster in das Gebäude hinein.

Sekunden später fanden sich die Freunde im Lagerraum des Instituts wieder, wo Farouk El Hadary soeben von einem Sanitäter einen Kopfverband angelegt bekam. Neben ihm hockte Elena mit besorgter Miene. Zwei Polizisten, die ihnen gegenübersaßen, stellten ihnen eindringlich, aber leise Fragen und nahmen die Antworten zu Protokoll.

Anne schlug sich vor Schreck die Hand vor den Mund.

»Was ist passiert? Wo ist Papa?«, rief Julian, kaum dass sie den Raum betreten hatten.

»Euer Vater…«, setzte Farouk zu reden an und fasste sich mit schmerzverzerrtem Gesicht an den Kopf. »Euer Vater ist verschwunden. Und mit ihm die beiden Amulette.«

Mit Mühe unterdrückte Anne einen Schrei.

»Was?« Julian und Dick stürzten auf Farouk zu. »Aber das kann doch nicht wahr sein!«

Einer der Polizisten nickte. »Wir müssen davon ausgehen, dass Mr Kirrin auf der Flucht ist«, erklärte er sachlich.

Anne konnte nicht glauben, was sie da soeben gehört hatte. »Wie bitte?«, schimpfte sie.

»Ich war noch mal kurz in meinem Büro, als ich von hinten niedergeschlagen wurde«, erzählte der Institutsleiter und stöhnte leise. Er warf Elena einen Blick zu.

»Ja, auch ich war kurz draußen«, erklärte diese daraufhin. Sie wirkte vollkommen durcheinander. Der Vorfall hatte sie offensichtlich mitgenommen. Sie fuhr sich nervös durch die Haare. »Ja… und als ich zurückkam, da… da war die Mumie aufgeschnitten!«

»Und euer Vater nicht mehr da«, ergänzte der Wissenschaftler.

Der andere Polizist tippte mit der Kugelschreiber-spitze auf seinen Block. »Womöglich hat er gefunden, wonach er gesucht hat.«

»Und sich dann mit der Beute aus dem Staub ge-macht«, fügte der andere hinzu. Ernst blickte er in die Gesichter der Freunde. Sie alle waren sprachlos.

Anne war es, die sich als Erste halbwegs gesammelt hatte. »Das… Das kann doch nur ein Missverständnis sein!«, stammelte sie.

Farouk wirkte ehrlich erschüttert. Vorsichtig schüt-telte er den Kopf, denn das bereitete ihm offensichtlich Schmerzen. »Ich kann es selber kaum glauben.«

Und nun?, dachte George.

Was blieb den Freunden anderes übrig, als zunächst ins Hotel zurückzukehren und dort zu warten, bis es irgendeine Nachricht gab? Der Vater würde sich be-stimmt melden, da waren sie sich ganz sicher. Er war kein Dieb, der sich einfach absetzen und sie in diesem fremden Land zurücklassen würde! Das Ganze musste eine andere Erklärung haben.

Unruhig liefen sie im Zimmer auf und ab oder ver-suchten sich abzulenken, als sie nach einer schier end-losen Zeit die Nachricht erreichte, man habe Bernhard Kirrin gefunden.

Ein Anruf eines gewissen Herrn Ramsi, der sich als Rechtsanwalt vorstellte, wurde zu ihnen ins Zimmer durchgestellt, und dieser erklärte Julian, man habe sei-nen Vater in einem Auto entdeckt und aufgegriffen, und er habe einen gepackten Koffer sowie ein Flugticket auf seinen Namen bei sich gehabt. Der Anwalt bat die Freunde, sich von einem Taxi zum Gefängnis fahren zu lassen, wo er sie erwarten werde.

Ziemlich aufgeregt waren die Freunde allesamt, als sie bald darauf in der Justizanstalt einen heruntergekommenen Raum betraten, an dem an einem einfachen Tisch Bernhard Kirrin saß und ihnen einen Blick zuwarf, der gleichzeitig Bedauern und Verzweiflung ausdrückte. Neben ihm saß ein Mann, von dem Julian niemals gedacht hätte, dass es sich um einen Rechtsanwalt handelte. Viel zu unsicher und einfältig wirkte dieser untersetzte Typ, und als er sich ihnen als Advokat Ramsi vorstellte, fühlte sich sein Händedruck passenderweise an, als nehme man einen toten Fisch in die Hand.

Anne spürte die scharfen Blicke der beiden Gefängniswärter, die links und rechts der Tür standen, in ihrem Rücken und kriegte eine Gänsehaut. »Sie werden meinen Vater doch hier rausholen, nicht wahr, Herr Ramsi?«, zischte sie dem Anwalt zu, woraufhin sich dieser nervös räusperte und ihrem Blick auswich. Stattdessen sah er Bernhard Kirrin an. »Ja, also, ich denke mal, wenn Sie gestehen, können Sie vielleicht mit drei oder vier Jahren davonkommen ...«

»Was?«, rief Julian. Als die Wärter ihm einen mahnenden Blick zuwarfen, senkte er seine Stimme. »Was? Was soll das heißen? Drei oder vier Jahre? Was geht hier vor?«

»Na ja.« Ramsi rieb sich die Hände. »Auf Diebstahl von Schätzen des Altertums stehen sonst zehn Jahre!« Bernhard Kirrin senkte den Blick und schüttelte fassungslos den Kopf.

Dick hatte inzwischen auf der anderen Seite des Tisches Platz genommen und beugte sich unter den strengen Blicken der Wachleute zu seinem Vater vor. »Was ist hier überhaupt los? Ich kapier überhaupt nichts mehr!«

Bernhard Kirrin knetete nervös die Hände. »Ich weiß es wirklich nicht.«

»Wie, du weißt es nicht«, hakte Dick ungeduldig nach. »Du wirst doch wohl wissen, was passiert ist!«

Sein Vater hob den Kopf und sah seinem Sohn ernst in die Augen. »Woran ich mich erinnere, ist, dass ich mit Farouk und Elena in dem Lagerraum war, in dem sich der Sarkophag mit der Mumie des Bruders befand«, begann er zu erzählen. »Das ist so ein verwinkelter Raum, vollgestopft mit allen möglichen Fundstücken und Holzkisten, wisst ihr? Und in der größten Kiste war der Sarkophag. Farouk hatte mir erklärt, dass er schon verpackt worden sei, weil er eigentlich am nächsten Morgen verschickt werden sollte. Er hat daher eine Brechstange geholt, aber bevor er die Kiste wieder aufmachen konnte, hat sein Handy geklingelt.« Der Vater machte eine kurze Pause, so als müsste er sich die Bilder in Erinnerung rufen.

»Na ja, jedenfalls entschuldigte er sich, redete kurz

mit jemandem am Handy und bat mich dann, einen Moment zu warten, weil etwas Eiliges geliefert würde«, fuhr er fort. »Und er bat Elena, mitzukommen, weil er ihre Hilfe benötigte. Sie versprachen, gleich wiederzukommen, und dann haben sie den Raum verlassen.« Er verzog den Mund, fast als wollte er sich für das entschuldigen, was nun kommen würde. »Nun ja, ihr kennt mich. Geduld ist nicht unbedingt meine Stärke. Ich fand, die beiden ließen mich ziemlich lange warten, und da dachte ich, ich könnte ja schon mal weitermachen. Also nahm ich die Brechstange ...«

»... und hast damit die Kiste aufgemacht«, ergänzte Dick.

Sein Vater nickte. »Da lag sie also vor mir, die Mumie. Aber ich hatte sofort erkannt, dass sich schon jemand an ihr zu schaffen gemacht hatte. Ich weiß noch, dass ich die Hand ausgestreckt habe, um die Mundhöhle zu kontrollieren, aber dann spürte ich einen heftigen Schmerz im Nacken und im selben Moment wurde mir schwarz vor Augen.« Dabei griff er sich automatisch mit der Hand in den Nacken.

Anne riss die Augen auf. »Jemand hat dich niedergeschlagen?«

George verstand das alles nicht. »Aber wie bist du in das Auto gekommen? Und der gepackte Koffer ... das Ticket?«

Bernhard Kirrin schenkte seiner Nichte einen verzweifelten Blick. »Ich weiß es nicht, George.«

Dann wandte er sich an den Anwalt. »Ich bin unschuldig«, sagte er mit Nachdruck.

Ramsi hob beide Hände. »Das sagen sie alle. Aber können Sie das auch beweisen?«

George dachte, sie höre nicht richtig. Dieser Mann schimpfte sich Anwalt? »Ich dachte, dafür sind Sie als sein Verteidiger da!«, meinte sie vorwurfvoll.

Ramsi nickte entschuldigend und legte den Kopf schief. »Äh, ja, natürlich. Ich werde mein Möglichstes tun. Aber ich befürchte, dass nur die Amulette euren Vater entlasten.«

Und mit diesen Worten begann er, in seinen Unterlagen zu kramen, schob diese schließlich zusammen und ließ sie in seiner Aktentasche verschwinden. Auf seinen Gehstock gestützt, erhob er sich mühsam und nickte kurz in die Runde. »Wenn Sie mich jetzt entschuldigen. Ich habe noch einen wichtigen Gerichtstermin.« Daraufhin öffnete ihm einer der Gefängniswärter die Tür, Ramsi verließ humpelnd den kargen Besucherraum und ließ die vollkommen verdutzte Familie Kirrin darin zurück.

Jetzt richteten sich alle Blicke auf den Vater. Die Verzweiflung stand ihm ins Gesicht geschrieben. »Ich … Ich verstehe das alles nicht«, stammelte er und fuhr sich mit den gespreizten Fingern durch die Haare. »Ich sage doch die Wahrheit … Ich …«

Julian machte eine ernste Miene. »Dir wurde eine Falle gestellt, Papa.«

Sein Vater nickte müde.»Ja, wahrscheinlich. Aber warum nur? Und wie soll ich das beweisen?«

Dick zuckte mit den Schultern.»Weil du jemandem in die Quere gekommen bist wahrscheinlich.«

Sein Vater seufzte.

Jetzt legte George ihrem Onkel die Hand auf die Schulter. Die missbilligenden Blicke der Wachleute ignorierte sie.»Wir werden herausfinden, wer das war, und die Amulette finden.«

Dick schlug sich mit der Faust in die hohle Hand.»Ja, Papa, wir holen dich hier raus.«

»Ganz bestimmt«, versicherte Anne mit entschlossener Miene.

Ihr Vater rang sich ein Lächeln ab. Die Kinder waren in der Tat seine einzige Chance. Auf diesen merkwürdigen Anwalt konnte er sicher nicht zählen. Doch es fiel ihm schwer, daran zu glauben, dass die Kinder ihm wirklich würden helfen können. Er wusste nicht, was er sagen sollte.

In diesem Moment sah einer der Wärter auf seine Armbanduhr und erklärte die Besuchszeit für beendet. Er packte Bernhard Kirrin am Oberarm, zog ihn vom Stuhl hoch und wollte ihn soeben zurück in die Zelle bringen, als Anne etwas einfiel.

»Einen Moment noch!«, rief sie und nahm sich eilig ihre Kette vom Hals, an der ein kleiner Schutzengel-Anhänger baumelte. Die drückte sie ihrem Vater in die Hand.»Der Engel wird auf dich aufpassen!«

Ihr Vater versuchte tapfer zu sein, was ihm in Anbetracht der Tatsache, dass er gleich wieder in der kalten, kargen Zelle verschwinden würde, nicht leichtfiel.»Danke, mein kleiner Schatz!«, flüsterte er.»Das ist lieb.«

Anne fiel ihrem Vater um den Hals und dieser schloss seine Arme um sie. Doch sogleich wurden sie von dem Wärter grob auseinandergerissen.»Umarmen verboten!«, knurrte er.

Dann schob er Bernhard Kirrin unsanft durch die Tür.»Los jetzt!«

»Halt durch, Papa!«, rief Julian ihm hinterher.

Noch einmal drehte sich der Vater kurz um.»Passt auf euch auf! Macht nichts Gefährliches! Julian, ich verlass mich auf dich, ja?«, rief er.

Julian hob den Daumen als Zeichen, dass er verstanden hatte.

Anne standen Tränen in den Augen.

Dann verschwand der Vater aus ihrem Blickfeld und die schwere Stahltür fiel ins Schloss.

Timmy hatte die ganze Zeit über brav vor dem Besucherzimmer gewartet. Nun begrüßte er die Freunde aufgeregt.

»Dieser Diebstahl im Museum…«, sagte George nachdenklich.»Und diese Sache mit eurem Vater… Das muss irgendwie zusammenhängen.«

»Jemand ist hinter den Amuletten her«, zischte Dick.»Klar wie Klärchen.«

42

»Und diesen Jemand müssen wir finden«, sagte Julian mit entschlossener Miene. »Wir müssen ihm die Amulette abnehmen und so beweisen, dass Papa hereingelegt worden ist.«

Klingt ja alles total einfach, dachte Anne niedergeschlagen. Wie sollten sie das denn anstellen?

In diesem Moment trat jemand aus dem Schatten auf sie zu. Ein großer, breitschultriger Kerl in einem grauen Anzug. Erschrocken wich Anne einen Schritt zurück, denn seine kantigen Gesichtszüge jagten ihr Angst ein. Timmy ging in Hab-Acht-Stellung und George hielt ihn am Halsband zurück.

»Nichts dergleichen werdet ihr tun.« Der Mann baute sich vor ihnen auf und hielt ihnen seinen Ausweis vor die Nase. Mit seinem Headset im Ohr kam er sich offensichtlich sehr wichtig vor. »Ich bin Steven Taylor. Von der Botschaft. Ich muss euch leider sagen, dass ihr euch ohne Erziehungsberechtigten nicht länger in Ägypten aufhalten dürft. Euer Flieger geht in …«, er warf einen flüchtigen Blick auf seine Armbanduhr, »… in genau zwei Stunden.«

Für einen kurzen Moment verfielen die Freunde in eine Art Schockstarre. Was redete der Typ denn da, um Himmels willen? Sie sollten das Land verlassen. Und das so schnell wie möglich?

Julian hatte sich als Erster wieder gefasst und spielte geistesgegenwärtig den Einsichtigen. »Ja, klar. Das verstehen wir. Sieht ja auch so aus, als würde sich das alles hier schnell aufklären.«

Steven Tylor lächelte zufrieden. Diese Kinder waren brave Kinder.

George hatte verstanden. Sie mussten irgendwie Zeit gewinnen. »Dann sollten wir besser gleich los und unsere Sachen aus dem Hotel holen«, schlug sie daher vor und gab den anderen unauffällig ein Zeichen. »Oder?« Doch der Plan ging nicht auf. Steven Taylor erklärte ihnen, das sei bereits erledigt. »Eure Koffer sind schon unten im Wagen.«

Er machte ihnen ein unmissverständliches Zeichen, ihm zu folgen.

Wir haben Papa versprochen, dass wir ihn hier rausholen!, fuhr es Anne durch den Kopf. Verdammt, da musste ein Plan B her, und zwar schnell.

Sie zögerte nur eine Sekunde, dann fasste sie sich theatralisch an die Stirn und ließ sich in einer filmreifen halben Drehung zu Boden sinken.

Julian, Dick und George waren sofort bei ihr und knieten an ihrer Seite, und weil sie sich über sie beugten, konnten auch nur sie sehen, dass Anne ihnen zuzwinkerte. Sie hatten verstanden.

George schob sanft, aber bestimmt Timmy beiseite, der Anne durchs Gesicht schlecken wollte. »Nein, Timmy, nicht, wir müssen uns um Anne kümmern!«

Annes kleine Showeinlage hatte ihre Wirkung nicht verfehlt. Steven Taylor wurde ganz nervös. Der coole

Typ von eben wirkte plötzlich ziemlich hilflos. »Was…
Was ist denn mit ihr?«, stammelte er.

Jetzt war Dick gefragt! Aber er musste nur kurz
überlegen. »Äh, eine orthostatische Synkope!«, rief er
aufgeregt und drehte sich dann zu Steven Taylor um.
»Wasser. Schnell! Holen Sie ein Glas Wasser!«

»Was… Wasser«, stotterte der Hüne, als hätte er von
der Existenz dieser Flüssigkeit gerade zum ersten Mal
erfahren. »Ja, natürlich. Ich hole sofort welches.«

Ohne weiter nachzudenken, stürmte er den Gang
hinunter Richtung Toiletten. Die Freunde warteten, bis
er außer Sichtweite war, dann sprang Anne auf. »Los!
Lasst uns abhauen!«

»Alle Achtung, toll gemacht!«, lobte Julian seine
kleine Schwester. Aber jetzt hieß es erst einmal: das
Weite suchen.

Hektisch blickte George sich in alle Richtungen um.
»Aber wo sollen wir hin?«

Aber Julian hatte schon eine Idee. Die Freunde waren sofort einverstanden. »Also, worauf warten wir?«

»Bestimmt nicht auf Steven Taylor!«, kicherte Anne.

Und als der mit einem Glas in der Hand zurück-
geeilt kam, aus dem das Wasser beim Laufen nur so
herausschwappte, waren die Freunde längst verschwunden. »Verflucht!«, maulte er und konnte sich gerade
noch selbst davon abhalten, das Glas auf den Boden zu
schmettern. Wütend fauchte er in sein Headset: »Ich
glaube, wir haben ein Problem.«

# Kapitel 4

Die Freunde hatten es tatsächlich bis zu Elenas Wohnung geschafft. Niemand war ihnen gefolgt. Julians Plan war aufgegangen!

Die junge Wissenschaftlerin war vollkommen verdutzt gewesen, als die Freunde ziemlich außer Puste vor ihrer Wohnungstür standen. Nun hatten sie es sich in Elenas bescheidener Wohnung bequem gemacht und versuchten, sich erst einmal darüber klarzuwerden, was sie soeben erlebt hatten.

Auf dem einfachen Wohnzimmertisch standen Wassergläser, aus denen sie gierig getrunken hatten. Auch Timmy hatte eine Schüssel mit frischem Wasser bekommen.

»Wir hoffen, wir müssen deine Gastfreundschaft nicht allzu lange in Anspruch nehmen«, sagte Julian in das leise Dudeln eines Fernsehers hinein, der im Hintergrund lief.

Elena rieb sich verlegen die Hände und rang sich ein Lächeln ab. »Ach was, das geht schon okay …«

»Wobei es wirklich sehr hübsch bei dir ist«, versicherte Dick, um ein Kompliment bemüht, und ließ die Blicke durch den Raum wandern.

Elena verzog verlegen den Mund. »Danke.«

»Wirklich sehr schön«, bestätigte Julian, der in diesem Moment ein kleines gerahmtes Foto entdeckt hatte. Darauf war Elena zusammen mit einem älteren Mann abgebildet. Die beiden standen an einem Gemüsestand auf einem rummeligen Markt. Offenbar der, auf dem sie vorhin bestohlen worden waren.

»Ist das dein Vater?«, fragte Julian.

Elena nickte. »Ja. Er arbeitet auf dem Markt. Betreibt dort normalerweise einen kleinen Gemüsestand.«

Plötzlich legte sich ein Schatten über das Gesicht der jungen Frau. Das war Julian nicht entgangen.

»Normalerweise?«, hakte er nach.

Doch Elena schien bemüht, Haltung zu bewahren.

»Äh, ja, er ist gerade … im Urlaub!«

»Ah, okay«, sagte Dick. Doch auch er hatte bemerkt, dass mit Elena etwas nicht stimmte. Sie wirkte traurig und durcheinander.

Fahrig strich sie sich mit der Hand durch die Haare.

»Das … Also das mit eurem Vater, das tut mir alles furchtbar leid«, kommentierte sie die Geschichte, die sie soeben von den Freunden erzählt bekommen hatte.

»Ich mache euch mal einen Tee, ja?«

»Ja, das wäre echt toll!«, rief Dick eifrig und fragte, ob er ihr irgendwie zur Hand gehen könne, aber Elena winkte ab und verließ den Raum.

Julian sah ihr mit besorgter Miene hinterher. »Die Sache scheint Elena ganz schön mitzunehmen, die Arme.« Die anderen stimmten zu und schwiegen einen Moment. Und in diesem Schweigen nahm Anne auf einmal das Gemurmel aus dem Fernseher wahr. Erschrocken griff sie nach der Fernbedienung und stellte den Ton lauter. Interessierten sie sich sonst so wenig für das Magazin über die Schönen und Reichen, das da gerade über die Mattscheibe flimmerte, so waren sie jetzt hellwach!

»*Im Zuge der turbulenten Ereignisse um den Raub der legendären Amulette des ersten Pharaos gibt es sensationelle Neuigkeiten*«, berichtete eine attraktive Reporterin mit einem eingefrorenen Lächeln.

Gebannt verfolgten die Freunde die Bilder auf dem Bildschirm, auf dem nun das Portrait eines smarten Endvierzigers mit akkurat geschnittenem Bart eingeblendet wurde. »*Der Milliardär und Antikensammler Harold Bings hat in einer Mumie aus seiner Sammlung das dritte der legendären Amulette des ersten Pharaos Tutalun gefunden. Bings, der bekannt für seinen exaltierten Lebensstil ist, wird das Amulett heute auf einer seiner in VIP-Kreisen legendären Partys präsentieren. Wir sind natürlich mit dabei. Mehr dazu also morgen, wie immer nur bei uns in den VIP-News!*«

48

Anne sprang auf. »Das dritte Amulett!«

Dick verengte seine Augen zu Schlitzen. »Vielleicht steckt ja dieser Bings hinter dem Diebstahl! Könnte doch sein?«

Aber Julian schüttelte den Kopf. »Glaube ich nicht. Warum sollte er dann das Amulett in der Öffentlichkeit präsentieren?«

Anne pflichtete ihm bei.

»Die Verbrecher werden aber sicherlich versuchen, sich auch dieses Amulett unter den Nagel zu reißen«, gab George zu bedenken.

Plötzlich klingelte es an der Wohnungstür. Sofort verstummten die Kinder und lauschten angestrengt.

»Hoffentlich nicht dieser verhinderte Yeti Steven Taylor«, zischte George.

Doch ihre Befürchtung bewahrheitete sich. Sie hörten, wie Elena die Tür öffnete, und dann erklang die wohlbekannte Stimme ihres vermeintlichen Bewachers.

»Steven Taylor«, knurrte er grußlos. »Ich bin auf der Suche nach vier Kindern und einem Hund. Wissen Sie vielleicht etwas über ihren Verbleib?«

Entsetzt sahen sich die Freunde an. Er durfte sie nicht finden und sie durften Elena nicht in Gefahr bringen. Sie mussten schleunigst hier weg! Aber wohin?

Um keine Spuren zu hinterlassen, ließen sie rasch die Gläser verschwinden.

»Äh. Nein. Tut mir leid«, versuchte Elena Steven Taylor abzuwimmeln. »Ich bin hier … alleine.«

In der Hoffnung, dass Elena Steven Taylor weiterhin davon würde abhalten können, in die Wohnung zu stürmen, wagten es die Freunde, hinter ihrem Rücken durch den Flur zu schleichen.

Elena hob die Stimme ein wenig und versicherte dem Gast, dass sie ihn natürlich umgehend informieren werde, falls die Kinder sich bei ihr melden würden. Hinter einer offenen Tür entdeckten die Freunde eine Treppe, die nach oben führte.

Die Dachterrasse! Julian machte ihnen ein Zeichen: dort hinauf!

Eilig hasteten sie die Stufen empor. Die Treppe war steil und schmal, und als sie fast oben angekommen waren, hätte Anne beinahe eine Stufe verfehlt. Reflexartig streckte sie die Hand aus, um sich abzustützen, erwischte dabei aber eine Sprühdose, die auf dem obersten Treppenabsatz stand. George, die hinter ihr lief, versuchte noch, sie aufzufangen, doch zu spät! Mit einem lauten Scheppern fiel die Dose auf die harten Stufen.

Von unten rief Elena sogleich mit aufgeregter Stimme: »Oh, das war bestimmt wieder … meine Katze!«

Aber Steven Taylor ließ sich offenbar nicht hinters Licht führen, denn schon hörten sie seine schweren Schritte näher kommen.

Anne fluchte leise vor sich hin, doch jetzt war keine Zeit, sich über sich selbst zu ärgern.

»Los, da lang!«, kommandierte Julian und zeigte auf das Dach des Nachbarhauses.

50

Anne schluckte. Da musste sie ganz schön weit springen! Aber es war nun wirklich nicht an ihr, den Angsthasen zu spielen, schließlich hatte sie ihnen das eingebrockt! Also nahm sie allen Mut zusammen und sprang ihren Brüdern hinterher, die schon sicher auf der anderen Seite gelandet waren. Dick packte sie bei der Landung am Arm, damit sie nicht stürzte. Dann folgten George und Timmy, denen das offenbar sogar Spaß machte.

Auf diesem Dach gab es einige Kamine und Mauervorsprünge, hinter denen sie prima in Deckung gehen konnten. Aber sie hatten Steven Taylor offenbar unterschätzt. Er hatte sie schnell erspäht und sprang ohne zu zögern hinterher.

»Los, da rüber!«, rief Dick. Auf dem Nachbardach hingen jede Menge Wäschestücke auf den Leinen. Ideal, um Katz und Maus zu spielen! Aber es war auch schwierig, die anderen nicht aus den Augen zu verlieren, während sie zwischen Laken, Bettbezügen und Handtüchern hindurchrannten.

»Grundgütiger!«, stöhnte Dick, als er vor einer Unterhose im XXL-Format zu stehen kam. Schnell weiter! Aber wo waren jetzt die anderen? Für einen Moment spürte Dick den Puls kräftig in seinen Schläfen pochen. Waren die etwa ohne ihn weitergerannt? Aber da entdeckte er Timmys Pfoten unter einem blendend weißen Laken. Erleichtert schloss er zu George auf.

»Mist, jetzt können wir den Knilch auch nicht sehen«,

keuchte er und spähte an dem Laken vorbei. »Hoffentlich haben wir ihn abgehängt.«

Auch George war ziemlich außer Atem. »Da bin ich mir alles andere als sicher.«

An der anderen Dachkante trafen sich die Freunde wieder. Mit entschlossenen Mienen fixierten Julian, Dick und George das gegenüberliegende Dach.

»Nein, nein, vergesst es!«, sagte Anne, blickte einmal hinunter, schüttelte den Kopf und trat einen Schritt zurück.

»Du darfst auch nicht runterschauen«, sagte Julian. »Schau da rüber. Mit ordentlich Anlauf schaffst du das locker.«

Aber da war nichts zu wollen. Anne hatte panische Angst, und je mehr sie darüber nachdachte, desto steifer fühlte sich ihr Körper an. Sie würde glatt hinunterfallen. Und wäre mausetot. Da war sie sich sicher.

Was war zu tun? Ratlosigkeit stand George, Dick und Julian in die Gesichter geschrieben.

Und dann sahen sie auch schon, wie Leben in die Laken und Handtücher kam! Steven Taylor war gefährlich nahe! Jetzt war wirklich Eile geboten.

»Wartet mal ...« Dick war es, dem in letzter Sekunde die rettende Idee kam.

Einen Wimpernschlag später kam ihr Verfolger genau da an, wo sie eben noch gestanden hatten, und fluchte laut.

Auf Annes Gesicht legte sich ein zufriedenes Grinsen. So, so, dem Herrn Taylor ist es auch zu weit zum nächsten Dach.

Dort nämlich lag Annes Strickjacke, die Dick ihr eben hastig von den Armen gezogen und mit Schwung hinübergeworfen hatte, woraufhin die Freunde hinter einem Mauervorsprung in Deckung gegangen waren. Alle vier hielten sie die Luft an, und auch Timmy schob sich die Schnauze unter die Pfoten, denn Steven Taylor nahm soeben Anlauf und sprang vom Dach. Da wo die Jacke lag, vermutete er schließlich auch die Kinder.

Anne kniff die Augen ganz fest zu. Sie wartete förmlich auf den Schrei. Aber sie hörte nur ein Stöhnen. Als sie es nämlich wagte, die Augen wieder zu öffnen, hing Steven Taylor am Dach des Nachbarhauses und hievte sich unter immenser Kraftanstrengung hinauf.

Endlich hatte er es geschafft, verschnaufte kurz und rannte dann weiter, quer über das Dach.

Langsam kamen die Freunde hinter ihrem Versteck hervor. Julian hob die Hand, die anderen schlugen ein.

»Den wären wir los!«, verkündete George zufrieden.

»Trotzdem kein Grund, zu trödeln«, erinnerte Julian. »Sehen wir zu, dass wir hier wegkommen.«

 Kapitel 5

Der Trick war ihnen geglückt. Sie waren diese lästige Klette losgeworden! Zunächst liefen sie ziel- und planlos drauflos, hetzten durch verwinkelte Gassen und belebte Straßen. Schließlich erreichten sie wieder den Marktplatz, auf dem noch immer ein Rummel herrschte wie zuvor. Jetzt wussten sie zumindest wieder, wo sie waren.

Doch die Gefahr war noch nicht gebannt. Schon entdeckten sie einen Polizisten ganz in ihrer Nähe, der Anweisungen auf einem Funksprechgerät entgegennahm. Und da er das Stimmengewirr übertönen musste, hatte er es ganz laut gestellt. »Wiederhole: Bei den gesuchten Personen handelt es sich um vier Kinder in Begleitung eines Hundes. Der Älteste, Julian Kirrin, ist etwa einen Meter fünfundsiebzig groß...«, kratzte eine blecherne Stimme aus dem Lautsprecher. Jetzt kam der Typ auch schon um die Ecke!

»Verflucht!«, schimpfte Dick und sah sich um. Ein altes Schrottauto war die Rettung. »Los, da rein!«

Anne hielt die Luft an, als sie in die Rostlaube kroch. Jetzt bloß nicht niesen!

Zum Glück war der Polizist rasch vorbeigelaufen, sodass Dick, der sich hinter dem Auto versteckt hatte, Entwarnung geben konnte. »Die Luft ist rein«, sagte er und schlug auf Autodach und Kofferraum. Dieser sprang auf und Timmy kam herausgesprungen.

Julian legte Dick die Hand auf den Unterarm. »Wir laufen jetzt einfach ganz entspannt in die andere Richtung.«

Gesagt, getan. Eine Weile schlenderten sie so durch das Gewühl, als George plötzlich stehen blieb. »Wartet mal!«

»Was ist?«, rief Anne erschrocken. Hatte der Polizist sie etwa doch entdeckt?

Aber George meinte etwas ganz anderes. »Schaut mal, wen wir da haben. Schon hat er seine nächsten Opfer am Wickel.«

Jetzt sahen ihn auch die anderen. Da drüben stand kein anderer als der Junge, der sie so übel übers Ohr gehauen hatte. Gerade hob er seine Kamera, um den kleinen Jungen einer Touristin zu fotografieren. Die Frau war dabei, ihm auf den Leim zu gehen!

»Smile!«, rief der Junge und wollte eben abdrücken, als er über die Schulter des Jungen hinweg im Sucher die Freunde entdeckte.

Julian gab das Kommando. »Los, den schnappen wir uns!«

Der Junge war es offensichtlich gewohnt, stets auf der Hut zu sein. Flink wie ein Wiesel war er auch schon in einer der Gassen verschwunden.

Diesmal müssen wir es geschickter anstellen, fuhr es George durch den Kopf. Der Bursche hat Heimvorteil, der kennt sich hier aus.

Aber Julian und George waren gerade um den Häuserblock gelaufen und bogen um die Ecke, als der Junge wieder in ihrem Blickfeld auftauchte. Fast wäre er ihnen in die Arme gerannt. Er bremste ab, dass die Sohlen beinahe quietschten, drehte auf dem Absatz um und rannte zurück. Doch da versperrten Dick, Anne und Timmy ihm den Weg.

Der Junge tat ganz unschuldig und hielt ihnen die Handflächen entgegen, als wolle er ihnen zeigen, dass er doch gar nichts getan habe. »Mann, was wollt ihr von mir?«

»Na was wohl, unsere Portemonnaies«, half Julian ihm auf die Sprünge.

Aber der Junge blieb stur bei seiner Linie. »Keine Ahnung, was ihr da faselt. Echt nicht. Ich bin nur ein kleiner voll unschuldiger Fotograf. Ist doch logo.«

»Pft, Fotograf«, spottete George. »Ein Schauspieler bist du und ein Krimineller.«

»Ich habe nix, seht ihr? Überhaupt nichts. Nullkommanichts. Nada. Niente. Nothing. Nix.« Und um

56

das zu unterstreichen, zog er die leeren Hosentaschen auf links. Ein paar Sonnenblumenkerne rieselten lautlos auf die Erde.

Jetzt hatten die Freunde die Faxen aber dicke. Wollte dieser Typ sie etwa verspotten?

Schritt für Schritt kamen sie auf den Jungen zu und fixierten ihn mit ihren Blicken.

Nun mischte sich Timmy ein und kläffte den Jungen böse an. Anne hielt ihn am Halsband zurück.

»Äh, wartet…«, stammelte der Junge sichtlich beeindruckt von dem gefährlichen Hund. »Jetzt, wo ich gerade überlege. Kann sein, dass ich da vielleicht was von euch gefunden habe.«

Julian sah ihn spottend an. »Gefunden. Ja, vermutlich.«

»Ich habe für euch nur drauf aufgepasst«, erklärte der Junge scheinheilig. »Ist doch logo. Ihr kriegt's ja wieder.«

Augenblicklich ließ Timmy sich auf sein Hinterteil nieder und entspannte sich. Er wusste, dass er seinen Auftrag mit Bravour erfüllt hatte, und wartete jetzt auf sein wohlverdientes Lob.

Kurz darauf fanden sich die Freunde in einem der Hinterhöfe wieder, wo der Junge – inzwischen wussten sie, dass er Auni hieß – die Portemonnaies aus einem toten Briefkasten holte und Julian und Dick zurückgab.

Eilig machten sie sie auf.

»Ey, die sind leer!«, protestierte Julian.

Auni senkte seinen Blick.»Das Geld habe ich ... ausgege... Ich meine, das Geld habe ich gespendet. Für arme Kinder. Damit die was zu essen haben.«

Das reichte. George schob das Kinn vor und verschränkte die Arme vor der Brust.»Das kannst du ja dann der Polizei erzählen.«

Dick wandte sich etwas zur Seite und flüsterte so, dass Auni es nicht hören konnte:»Aber wir können doch gar nicht zur Polizei gehen.«

»Aber das weiß der doch nicht«, zischte Julian beinahe lautlos zurück. Dann baute er sich drohend vor Auni auf.»Also, was ist?«

»Aber ich hab die Kohle nicht«, versicherte Auni mit weinerlicher Stimme.»Wir müssen uns doch irgendwie anders einigen können. Come on.« Plötzlich klang er wieder megacool.

Anders einigen ... Das war das Stichwort! Auf einmal ging ihnen etwas durch den Kopf.

Während Timmy den Jungen in Schach hielt, wandten sich Julian, Dick, George und Anne ab, um zu beraten.

»Vielleicht kann er uns ja irgendwie helfen«, sagte Dick.»Er schuldet uns was, so viel ist schon mal klar.«

Doch Anne war skeptisch.»Dem kann man nicht übern Weg trauen.« Sie strich sich über die Arme, denn in diesem schattigen und feuchten Hinterhof begann sie zu frösteln, und ihre schöne graue Strickjacke war ja geopfert.

»Na ja«, erwiderte Julian. »Aber er kennt sich bestimmt gut hier aus. Der weiß vielleicht auch, wo dieser Harold Bings wohnt.«

»Ähm«, machte Auni. Er stand auf Zehenspitzen und lugte Julian über die Schulter. Hatte er sich also doch herangeschlichen und offenbar auch alles mitgehört, denn er sagte: »Mr Bings, hör ich, zu Mr Bings wollt ihr? Ob ich weiß, wo der wohnt? Ich glaube, mein Kamel hat Durchfall. Und ob ich das weiß.« Jetzt stellte er sich wieder auf die Fußsohlen und grinste in die Runde. »'ne fette Villa hat der mit Security und so…« Auni rieb sich die Hände.

George blickte Auni ernst in die Augen. »Hör zu, dieser Bings feiert heute eine Party und…«

Auni unterbrach sie eifrig. »Cool! Und ihr seid eingeladen…«

»Sind wir nicht!«, fiel Julian ihm ins Wort.

»Auch cool. Ihr seid nicht eingeladen. Ich bring euch trotzdem rein. Ist doch logo.«

Oh Mann, dachte Julian. Dieser Typ strotzt nur so vor Selbstbewusstsein. Wenn man ihn so hört, könnte man meinen, alles sei ein Kinderspiel.

George sah Julian an, als wolle sie fragen: Kann man dem vertrauen?

Klatsch! Da hatte ihr Auni auch schon kameradschaftlich auf die Schulter gehauen. »Und? Sind wir im Geschäft?«

Dick seufzte. In den Gesichtern der anderen las er,

dass auch sie weiterhin skeptisch waren. Dann zuckte er mit den Schultern. Hatten sie denn eine andere Wahl? Sicher nicht.

Es war beinahe finster, als sie die Villa erreichten. Über ihnen spannte sich ein tintenblauer Himmel, und Tausende von Sternen funkelten mit den Fackeln um die Wette, die vor dem Eingang in den Boden gesteckt worden waren.

Nur schien der Eingang zunächst unerreichbar, denn eine meterhohe Mauer umschloss das Grundstück und links und rechts der Einfahrt waren Wachposten aufgestellt, die die Einladungen der Gäste kontrollierten.

Aus ihrem Versteck beobachteten die Freunde, wie eine Luxus-Limousine vorfuhr und der Fahrer einem der Sicherheitsleute die Einladungen reichte, während seine weibliche Begleitung ein zuckersüßes Kichern von sich gab, das George eine Gänsehaut verursachte.

Als der Wachposten dem Mann die Karten zurückgab und ihnen einen angenehmen Abend wünschte, setzte Auni sich in Bewegung und die Freunde wurden ordentlich durchgeschüttelt. Sie hockten nämlich in Fässern, die ihr neuer Komplize auf einem Eselskarren festgezurrt hatte.

Sie mussten zugeben, das Kerlchen hatte schlaue Ideen.

»Halt! Stopp!« Einer der Sicherheitsleute hob die Hand.

Auni deutete einen Diener an, und Timmy, der neben ihm gelaufen war, setzte sich brav. »Salam, Assif«, sagte Auni.

»Dir auch«, knurrte der Wachmann. »Und jetzt verschwinde.«

Doch Auni erwiderte: »Estanna! Mein alter Freund Bings hat bei mir ein paar Fässer nibit ahmar bestellt.« Anne hielt die Luft an und kniff sich die Nase zu. In diesem Fass stank es ziemlich übel und es kribbelte in der Nase. Nur jetzt nicht niesen! Das wäre der Super-GAU.

»Nibit ahmar?«, fragte einer der Männer, und Anne zog instinktiv den Kopf ein. Hauptsache, die wollten die Fässer jetzt nicht kontrollieren. Aber dann hätte das Kopfeinziehen auch nichts mehr genützt.

»Na, Rotwein!«, hörten sie Auni erklären, und dann hielt sich Julian beide Ohren zu, denn Auni hatte auf das Fass geklopft, in dem er hockte. »Wollt ihr 'nen Schluck probieren? Bings könnte aber ziemlich sauer werden. Ich mein, im Dienst trinken … Halte ich ja für keine gute Idee. Aber wenn Sie wollen …«

Die Freunde horchten aufmerksam. Was würde jetzt geschehen?

Sie atmeten auf, denn einer der Wachleute sagte: »Hinten rechts ist der Lieferanteneingang.«

»Alf shukr!«, erwiderte Auni.

Erleichtert warteten die Freunde darauf, dass es weiterging, doch da hörten sie den anderen Wachmann knurren: »Stopp! Was ist mit dem Hund da?«

61

»Welcher Hund?«, fragte Auni vollkommen unschuldig.

»Na, der Hund neben dir!«

»Ach, *der* Hund!«, rief Auni nun gespielt überrascht.

»Klar, also wie soll ich das sagen? Der Hund … äh, Jimmy … und der Esel hier, Pollo, die beiden sind die besten Freunde. Praktisch unzertrennlich! Stimmt's, ihr zwei?«

George musste grinsen, als der Esel tatsächlich ein »I-Ah!« von sich gab und sah Timmy schon vor ihrem inneren Auge, wie er zustimmend die Pfote hob.

Auni war jetzt voll in seinem Element. Märchen auftischen, das konnte er wie kein Zweiter. »Ich könnt über die zwei ja Geschichten erzählen … Unglaublich! Einmal haben Jimmy und Pollo sich gegenseitig …«

Aber da fiel ihm der Wachmann schon genervt ins Wort. »Schon gut! Geh!«

Den Freunden fiel ein Stein vom Herzen, als der Wagen sich rumpelnd in Bewegung setzte. Anne ließ ihre Nase los und hätte beinahe doch noch geniest.

Endlich kamen sie wieder zum Stehen, ordentlich durchgerüttelt und schwindelig von der miesen Luft, froh, als Auni schließlich die Deckel lüpfte, nachdem er sich gründlich umgeschaut hatte. Sie standen direkt vor dem Lieferanteneingang.

Auni nickte anerkennend. »Wow! Nette Hütte! Und, was sagt ihr?«

Die Freunde kletterten aus den Fässern und brachten erst einmal alle Knochen wieder in die richtige Position.

Dick nickte Auni zu.»Danke, Mann.«

Aber jetzt wollte Auni es endlich wissen.»Was wollt ihr eigentlich da drin?«

»Hat dich gar nicht zu interessieren«, antwortete Julian kurz angebunden. Es war wohl besser, wenn der Junge nicht zu viel wusste.

»Wir kommen jetzt schon allein klar«, erklärte George in etwas versöhnlicherem Ton.

Dann schlichen Julian, Dick, Anne und George zur Tür und ließen Auni einfach stehen. Nur George drehte sich noch einmal kurz um.»Übrigens heißt mein Hund Timmy und nicht Jimmy.« Dann gab sie Timmy das Kommando, brav dort zu warten.

Die vier verschwanden durch die Tür ins Innere der Villa.

Auni zog die Mundwinkel runter und drehte sich zu Timmy um.»Pah, ob Jimmy oder Timmy! Das ist doch vollkommen egal!«

Timmy stand auf und knurrte Auni an.

Auni erschrak.»Werd nicht frech. Ist ja gut, Mann.«

Die Freunde indes fanden sich am Ende eines Flurs wieder und überlegten, was zu tun war. Erst einmal orientieren!

Im selben Moment wurde eine Tür aufgerissen und ein Kellner kam herausgeeilt. Im allerletzten Moment konnten die Freunde hinter einem Schrank in Deckung gehen, als gleich darauf die Tür auch schon wieder ins Schloss krachte. Ein Schild war darauf angebracht: *Staff only*.

Die Freunde grinsten sich an. Na, wenn das mal keine Einladung war!

Dahinter verbarg sich nichts anderes als eine Dienstbotengarderobe.

Julian rieb sich die Hände. »Fein, die kommt ja wie gerufen!« Überall hingen hier Klamotten herum, mit denen man sich prima verkleiden konnte!

Julian griff eine Kellnerjacke vom Haken und warf sie seinem Bruder zu, während Anne bereits freudig in ein rotes Kostüm schlüpfte. So etwas wollte sie schon immer mal anprobieren.

Nur George rümpfte die Nase, als sie ein weiteres rotes Kostüm vom Bügel nahm und anzog. Sie fühlte sich absolut unwohl darin, und als sie in die Gesichter der Jungen sah, erging es denen offenbar kaum anders.

Was tut man nicht alles, um den Vater aus dem Gefängnis zu holen, dachte Dick.

Plötzlich wurde die Türklinke langsam heruntergedrückt.

Voller Panik hielten die vier die Luft an. Um sich zu verstecken, war es zu spät.

Dann steckte Auni den Kopf zur Tür herein. Die Freunde atmeten erleichtert auf.

»Hey, hey, hey«, rief Auni, als er die beiden Mädchen in den Kostümen sah. »Wow! Steht euch echt top!«

Oh Mann, der schon wieder, dachte Julian und verdrehte die Augen. Der ist ja wie eine Klette!»Was willst du hier?«, fragte er.

Auni rieb sich theatralisch über den Bauch und legte den Kopf schief. Er setzte einen Blick zum Steinerweichen auf.»Ich habe solch einen Hunger und auf so 'ner Party gibt's bestimmt ordentlich was zu futtern.«

»Also schön«, sagte Julian unter dem zustimmenden Nicken der anderen. Er nahm eine weitere Kellnerjacke vom Bügel und warf sie Auni zu.»Hier. Anziehen!«

»Ja, ja, schon gut!«, nörgelte Auni.»Wie heißt das Zauberwort?«

»Sofort!«, maulte Julian zurück. Hier war jetzt einfach keine Zeit für Trödeleien.

# Kapitel 6

Nachdem endlich alle Kragen gerichtet, Flusen vom Revers gezupft und Säume glatt gestrichen waren, wagten sich die Freunde aus der Geraderobe und folgten mit klopfenden Herzen dem Stimmengewirr und Gläserklirren. Der Gang führte sie geradewegs auf den Raum zu, in dem die Party stieg.

Wow, dachte Anne, als sie all die gestylten Schönen und Reichen erblickte, die in einem kreisrunden Raum in Grüppchen beieinanderstanden oder -saßen und sich die Zeit bis zur Präsentation mit Small Talk vertrieben, während mal hier, mal da die Gläser aneinandergestoßen wurden. Wand- und Tischdekoration waren perfekt aufeinander abgestimmt, hier wurde nichts dem Zufall überlassen. Der Geruch von Haarspray, teuren Parfums und Aftershave lag schwer in der Luft.

Auni schob sich ein bisschen an George heran. »Ich finde, du siehst voll extrem aus. Wie eine Lady.«

Was?, dachte George. Eine Lady? Ausgerechnet ich? Das ist das Letzte, was ich sein will! »Sehr witzig«, zischte sie zurück.

»Mein ich total positiv«, flüsterte Auni und schenkte ihr ein breites Lächeln.

Verstohlen sah George an sich hinunter. Und wenn Auni recht hatte?

Aber es blieb keine Zeit, weiter darüber nachzudenken, denn jetzt tat sich etwas!

Mit einem leisen Zischen zogen zwei Wolken von Kunstnebel neben dem Laufsteg herauf, der sich von der Bühne ins Publikum hineinzog. Und auch die Bühne selbst wurde nun in den geheimnisvoll anmutenden Nebel gehüllt. Gleichzeitig wurden die Lampen im Raum gedimmt, sodass das Licht der Bühnenscheinwerfer den Nebel illuminierte.

Plötzlich erklang eine gespenstische Stimme und die Besucher verstummten. Andächtig lauschte man den Worten, die nun die Präsentation ankündigten.

Julian rieb sich die Hände. »Okay, Leute, es scheint loszugehen.«

Ein Raunen ging durch das Publikum, als sich begleitet von dramatischer Musik zwei Gestalten aus dem Nebel lösten, zwei Männer, als Pharaonen verkleidet.

Sie trugen etwas zwischen sich, das im ersten Moment nicht zu erkennen war, doch als der Nebel es freigab, war klar, dass es sich um ein Tragegestell aus verziertem Holz handelte, auf dem eine kleine Vitrine thronte. Darin befand sich ein kleiner Gegenstand. »Das Amulett!«, flüsterte Anne ehrfürchtig.

Die Männer stellten die Vitrine in der Mitte der Bühne ab, als sich im selben Augenblick der Nebel senkte und Tänzerinnen und Tänzer in Erscheinung traten, die als Pharaonen und Mumien kostümiert waren und sich nun um die Vitrine gruppierten. Die Zuschauer klatschten begeistert Beifall.

Es war erstaunlich, wie sich die jungen Frauen und Männer nun zum Beat von heißen Techno-Rhythmen in einer atemberaubenden Choreografie über die Bühne bewegten und die Vitrine umtanzten.

Doch die Freunde hatten nur Augen für das Amulett. Die Show nahmen sie nur am Rande wahr. Nur Auni fehlte. Der hatte sich längst zum Büfett geschlichen und stibitzte sich heimlich ein Kanapee nach dem anderen. Sie zergingen auf der Zunge. Wie lange hatte er so etwas Köstliches nicht mehr gegessen!

»Entschuldigung, darf ich vielleicht auch mal?«, unterbrach ein dicker Mann diesen genüsslichen Moment.

»Logo, Alter«, antwortete Auni mit vollem Mund. Er trat einen kleinen Schritt zur Seite. Dann tätschelte er dem Mann kameradschaftlich den Arm, was für ihn zwei Vorteile hatte. Zum einen eignete sich die Jacke des Mannes ausgezeichnet als Serviette und zum anderen hielt Auni nun dessen goldschwere Uhr in der Hand. Dieser Abend lohnte sich allemal für ihn.

Da war es ihm auch vollkommen egal, dass Julian ihm gerade einen verständnislosen Blick zuwarf und mit der Hand vor dem Gesicht einen Scheibenwischer zeigte. Dies war für ihn das Paradies. Was wohl in der Handtasche der piekfeinen Dame da drüben zu finden war?

Jetzt gesellten sich Anne und George zu Julian und Dick. Sie waren eben ein wenig durch den Raum geschlendert, um die Lage zu sondieren.

»Und, ist euch irgend etwas Verdächtiges aufgefallen?«, fragte Dick.

George seufzte und schielte zu Auni hinüber. »Nein. Den einzig offensichtlich Kriminellen haben wir mitgebracht.«

»Und darüber hinaus ist er noch gefräßiger als Dick«, stöhnte Anne.

»Na, ich weiß wie das ist, wenn man Hunger hat«, nahm Dick den Jungen in Schutz.

In diesem Moment war die Tanzdarbietung zu Ende und Auni schob sich erneut ein Häppchen in den Mund. Dabei zwinkerte er George zu.

»Hey«, sagte Julian und stieß George den Ellenbogen zwischen die Rippen. »Kann das sein, dass der auf dich steht?«

George spürte, wie ihr das Blut in die Wangen schoss. »Spinnst du, oder was?«

Plötzlich sah sie über Julians Schulter hinweg einen Mann auf sie zukommen. Einen Mann, dessen Gesicht sie nur zu gut aus dem Fernsehen kannte: Mr Bings persönlich.

Und dann wurde ihr klar, dass der tatsächlich direkt auf sie zusteuerte! Was hatte das zu bedeuten?

Ohne George und Anne zu grüßen, deutete er auf ihre Kleider.

»Was macht ihr denn noch hier unten?«, raunte er sie an. »Es geht gleich los!«

Der Gastgeber stutzte, als er die Mädchen aus der Nähe betrachtete. »Und wie seht ihr überhaupt aus? Ich hatte gedacht, ihr seid älter. Ihr seid ja noch Kinder«, sagte er. »Aber na ja, so ist das wohl beim Zirkus.«

Anne spürte Panik in sich aufsteigen und brachte nur ein unbeholfenes »Äh, was?« hervor.

Bings musterte sie misstrauisch. »Kriegt ihr das hin?«

Dick schob sich zwischen Mr Bings und die Mädchen und zeigte mit dem Daumen über die Schulter. »Ja, klar, die beiden sind die Besten.«

»Na, dann hopp, hopp! Showtime«, rief Mr Bings. »Rauf auf die Bühne.«

Anne und George feuerten aus ihren Augen Blitze auf Dick, bevor sie von Bings auf die Bühne geschoben wurden. Doch er und Julian schienen sich königlich zu amüsieren.

Wieder waberte eine Wolke Kunstnebel auf die Bühne und hüllte die Mädchen samt Vitrine ein, während Mr Bings lässig an das Mikrofon trat.

Diesen Augenblick nutzte George, um Anne eine Klammer aus den Haaren zu zupfen.

Anne fasste sich an den Kopf, denn George hatte ihr dabei ein Haar ausgerissen. »Aua, was machst du denn da?«

»Wart's ab«, zischte George und legte die Haarklammer so auf den Verschluss der Vitrine, dass sie hinunterfallen musste, falls jemand den Glaskasten öffnete.

Anne zwinkerte ihrer Cousine zu. »Ach so, verstehe. Tricky!«

George zwinkerte zurück. »Ist doch logo«, zitierte sie Auni.

Doch nun hieß es Konzentration, denn Mr Bings begrüßte bereits die Gäste.

»Guten Abend!«, sprach er ins Mikrofon und ließ den Blick durch den Raum wandern. »Bevor ich das Vergnügen habe, Ihnen meinen spektakulären Fund zu präsentieren, wartet eine weitere Sensation auf Sie.«

Mr Bings drehte sich halb um und deutete auf George und Anne. »Meine Damen und Herren, Ladies and Gentlemen, ich bitte um einen Applaus, denn nun erwarten Sie zwei professionelle Akrobatinnen aus dem Ensemble des Staatszirkus.«

Applaus brandete auf und Anne und George grinsten gequält in erwartungsvolle Gesichter. Auni befand sich mitten unter den Leuten, schenkte ihnen ein breites Lächeln und biss dabei genüsslich in ein Sahneteilchen.

Und da stand auch Dick und zuckte entschuldigend mit den Schultern.

Na warte, dachte George zornig.

Plötzlich dröhnte eine fetzige Tanzmusik aus den Lautsprechern über ihren Köpfen und eine wilde Light-Show schickte die Lichter der Scheinwerfer hektisch über die Bühne.

Oh, mein Gott, dachte Anne.

Die beiden Mädchen waren wie vor den Kopf geschlagen und starrten sich verzweifelt an. Alle Blicke waren auf sie gerichtet! Was sollten sie denn jetzt tun?

Wo ist das Mauseloch, in das ich mich verkriechen kann?, dachte Anne und begann vorsichtig mit den Armen zu wedeln. Zeigt mir sofort das verdammte Mauseloch! George machte es ihr nach, und Anne konnte an ihrem Gesicht ablesen, wie peinlich ihr das war.

Die Mädchen wurden mutiger. Jetzt war es auch egal! Die Menschen da unten würden sie hoffentlich eh nie wiedersehen, da konnten sie sich hier auch bis aufs Blut blamieren.

Immer wilder bewegten sie jetzt Arme und Beine zum Takt der Musik. Zum Glück beherrschten sie beide das Radschlagen und Anne erinnerte sich an ein paar Sprungfiguren aus dem Gymnastikunterricht.

Die peinlich berührten Blicke der Gäste, die nicht wussten, wie sie diese stümperhafte Darbietung einordnen sollten und nun immer lauter zu tuscheln begannen, versuchten sie auszublenden.

Nimmt diese Musik denn überhaupt kein Ende?,
dachte George verzweifelt und nahm erneut Anlauf, um
ein Rad zu schlagen. Sie kam Anne gefährlich nahe. Beinahe wären sie ineinandergekracht.

Peinlich, peinlich, peinlich, ein anderes Wort fiel
Anne nicht ein, als sie das eingefrorene Lächeln von
Mr Bings sah, der versuchte, gute Miene zu miserablem
Spiel zu machen. Mit viel gutem Willen konnte sie ihm
das als modernen Tanz verkaufen.

Jetzt wurde die Musik immer lauter, schneller, for-
dernder. Da die Mädchen natürlich keine Pirouetten
beherrschten, begannen sie sich wie Wirbel zu drehen,
auch auf die Gefahr hin, dass ihnen furchtbar schwindelig werden würde.

Endlich erklang der erlösende Tusch.

Und im selben Moment erlosch im gesamten Saal
das Licht!

George und Anne hielten sich aneinander fest, bis
der Schwindel nachließ.

»Gott sei Dank!«, stöhnte Anne.

»Bitte lass das Licht nie wieder angehen!«, jammerte
George.

Und aus dem Dunkel drang ein einsames Klatschen
zu ihnen herauf, und eine wohlbekannte Stimme rief
mit vollem Mund:»Bravo! Fantastisch!«

Auni. Wer sonst!

Dankbar erkannten die Mädchen, dass er damit einen kleinen Zündfunken gelegt hatte, denn nun began-

nen auch einige andere Gäste der Party zu klatschen, erst zögerlich, dann immer lauter.

Mit einem Zischen erstrahlten plötzlich alle Lichter wieder. Geblendet hoben Anne und George die Hände vor die Augen. Mr Bings, der auf die Bühne geeilt kam und sie ungeduldig nach hinten schob, nahmen sie nur als Schatten wahr.

Gerettet!, war der einzige Gedanke, der ihnen durch den Kopf fuhr.

»Ja«, rief Mr Bings nun gespielt fröhlich ins Mikrofon. »Was bleibt mir da noch zu sagen. Eine etwas eigenwillige Interpretation, aber … es war ganz großartig.« Er räusperte sich und setzte ein gekünsteltes Grinsen auf. »Genießen Sie weiterhin diesen … äh, herrlichen Abend!« Er hob das Glas, das er schon die ganze Zeit in der Hand hielt, und prostete seinen Gästen zu. »Lassen Sie uns anstoßen!«

Gläser klirrten, Stimmen murmelten durcheinander, die Leute prosteten sich zu.

Das war der Moment, in dem George nun endlich zu Puste gekommen war und einen Blick auf die Vitrine warf. Die Haarnadel war nicht mehr an ihrem Platz! »Verdammt!«

George packte Anne und zog sie von der Bühne. Dort warteten Julian, Dick und Auni bereits auf sie.

»Jemand hat das Amulett ausgetauscht!«, keuchte George.

Ihre Aufregung nahm Auni gar nicht wahr, denn er

stieß sie mit dem Handrücken an, federte lässig in den Knien und sagte:»Das war 'ne coole Show, Baby.«

Jetzt war es an Auni, mit Blitzen aus Georges Augen beschossen zu werden.»Ich geb dir gleich 'ne coole Show!«

Abwehrend hob er beide Hände.»Ist ja gut, ich verschwinde ja schon.«

Und schon war er im Gewühl der Partygäste untergetaucht.

Anne baute sich vor ihren Brüdern auf und schlug sich auf die Oberschenkel, als sie maulte:»Mensch, warum habt ihr denn nicht aufgepasst!«

Dick zog die Schultern hoch.»Sorry, aber es war stockdunkel, wie du gemerkt haben wirst«, verteidigte er sich.

Gerade wurde in einer Gruppe von Gästen Gelächter laut und Julian hob neugierig den Blick. Dass solche aufgetakelten Weiber immer so kreischen müssen, wenn sie eigentlich lachen wollen, dachte er genervt, als er plötzlich über die Köpfe der Leute hinweg etwas bemerkte.

»Da!«, rief er»Der Mann mit der Kutte! Genauso eine hatte doch auch der Typ im Museum an. Oh, Mist, der verschwindet Richtung Ausgang!«

Julian fasste Anne bei der Hand und zog sie mit sich.»Los, wir hier rum, ihr da rum!«

Doch trotz des Gewühls bemerkte der Mann die Freunde und begann augenblicklich zu rennen.

»Verdammt, den kriegen wir nicht mehr«, fluchte Julian. Der Mann hatte den Ausgang schon fast erreicht. »Nein, schau mal!«, rief Anne aufgeregt. »Da steht Auni!«

Julian hielt die Hände wie einen Trichter an seinen Mund. »Auni! Auni! Halt den Kerl auf!«

Auni stopfte sich das Häppchen in den Mund, das er sich gerade noch vom Büfett gemopst hatte. Er hatte verstanden. Er würde das jetzt hier regeln! Auni setzte ein Killerface auf, warf sich dem Mann mit der Kutte in den Weg und klammerte sich an ihm fest.

Dann wurde Auni unsanft gepackt und von dem Kuttenträger zu Boden gestoßen.

Da lag er nun, der Held. Und was das Schlimmste für ihn war: George sah ihn an und schüttelte über ihn den Kopf.

Doch der Typ mit der Kutte stürmte bereits hinaus und rannte auf ein schwarzes Auto zu, das mit laufendem Motor auf ihn wartete.

Sofort hefteten sich ihm die Freunde an die Fersen. Aber der Vorsprung war zu groß. Sie hatten keine Chance, ihn zu erwischen. Durch die offen stehende Beifahrertür hechtete der Kuttenmensch in das Fahrzeug. Reifen quietschten, Steinchen flogen durch die Luft, eine Qualmwolke stob aus dem Auspuff, und der Wagen sauste in einem Höllentempo davon.

Keuchend und schimpfend sahen die Freunde dem Fluchtauto hinterher.

Julian brüllte seinen Frust hinaus. Er stampfte heftig mit dem Fuß auf.

Nun waren sie alle ratlos! Das ganze Spektakel war umsonst gewesen!

Zum Glück schafften sie es, unbehelligt in die Garderobe zu schleichen, um die Kostüme gegen ihre eigene Kleidung zu tauschen.

Ohne groß darüber nachzudenken, trotteten sie mit hängenden Köpfen hinter Auni her, der sich zumindest hier auskannte. Wo sollten sie schon hin? Sie waren enttäuscht, deprimiert.

»Verdammt, das war unsere einzige Chance, die Diebe zu fassen«, maulte Dick vor sich hin und kickte eine leere Coladose über die Straße. Das Scheppern hallte von den Häuserwänden in der nächtlichen, menschenleeren Gasse wider. »Jetzt haben die alle Amulette.«

Doch Auni machte ihm ein Zeichen, nicht so viel Lärm zu machen. Er wirkte nervös und sah sich plötzlich nach allen Seiten um. »Vielleicht sollten wir ein bisschen schneller gehen?«, schlug er vor.

Doch zu spät. Die Freunde waren überhaupt nicht darauf gefasst, dass ihnen plötzlich ein Polizeiwagen mit angeschaltetem Blaulicht folgte.

»Wir bleiben erst mal ganz cool«, entschied Julian. Zwei Polizisten stiegen aus dem Fahrzeug und forderten die Freunde auf, stehen zu bleiben.

Das glaub ich jetzt nicht, dachte George und rief

Timmy zurück, der bereits in Hab-Acht-Stellung gegangen war und böse zu knurren begann.

»So, schön hiergeblieben«, schnarrte der eine Polizist, der sich mit seinem Headset sehr cool und wichtig vorzukommen schien. Zielsicher machte er einige Schritte auf Auni zu und durchsuchte ihn.

Mit erhobenen Händen versuchte Auni zurückzuweichen. »Hey, was wollen Sie von mir?«

Doch der Polizist hatte schon gefunden, was er suchte, und zog etwas aus Aunis Brusttasche. »Das hier, Freundchen!«

Mit offenen Mündern standen die Freunde da, als sie erkannten, was da zwischen Zeigefinger und Daumen des Beamten baumelte. Nichts Geringeres als das Amulett!

»Ups!«, machte Auni mit gespielter Überraschung. »Äh, das muss mir irgendwie da reingerutscht sein, als ich den Dieb aufhalten wollte. Aus Versehen.«

»Du hast…?« Dick war so verdutzt, dass ihm die Wörter im Hals stecken blieben.

»Ich fass es nicht!«, stöhnte George. Dieser Typ war ja unglaublich!

Jetzt kam der zweite Polizist auf die Kinder zu. Er kaute lässig und mit offenem Mund auf einem Kaugummi herum. Der schmale und wendige Auni versuchte, den Moment zu nutzen, da die Polizisten ihre Aufmerksamkeit auf Julian, Dick, Anne und George richteten, und sich mit einer eleganten Drehung zu entwinden. Doch der Uniformierte war reaktionsschneller, als Auni gedacht hatte, und bohrte dem Jungen seine kräftigen Finger in die Schulter. »Hiergeblieben, Bursche«, knurrte er, und diesmal zog er seine Handschellen aus dem Hosenbund und legte Auni eine davon um das Handgelenk. Ein leises Ratschen und das Ding war eingerastet.

»Und damit so was nicht noch mal passiert…«, sagte der Mann in Uniform mit einem süffisanten Grinsen auf den Lippen und griff nach Georges Hand. Wieder ratschte ein Verschluss.

George war vollkommen verdattert. »Das… das… das können Sie doch nicht einfach machen!«

Schlimmer konnte es kaum noch kommen.

Sie wurden bereits unsanft durch die Schiebetür in den Van gestoßen. »Rein da!«, pflaumte der Polizist mit dem Headset sie an.

Der kommt sich wohl besonders großartig vor, dachte Anne zornig, aber was hatten sie für eine Wahl, als das zu tun, was von ihnen verlangt wurde?

Kurz darauf setzte sich der Wagen in Bewegung. Dicht gedrängt saßen sich die Freunde und Auni gegenüber und wurden ordentlich durchgeschüttelt, als der Van rasant durch die Kurven fuhr.

»Es tut mir leid, ich…«, begann Auni, doch George fuhr ihm augenblicklich über den Mund.

»Jetzt halt einfach mal deine Klappe!«, maulte sie.

»Sorry«, erwiderte Auni um Verständnis heischend.

Er setzte seine Unschuldsmiene auf, die er so perfekt beherrschte. »Aber ich kann einfach nicht anders. Wenn ich was klauen kann …«

»Verdammt!«, herrschte George ihn an. »Was an ›Halt die Klappe‹ hast du nicht verstanden?«

Auni verstummte. Anne sah seine großen, dunklen Augen im Widerschein der vorbeiziehenden Lichter glänzen. »Du bist schuld, wenn unser Vater für Jahre unschuldig ins Gefängnis muss«, sagte sie.

Anne fasst sich automatisch an die Stelle, an der sonst der kleine Schutzengel um ihren Hals hing. Sie dachte an ihren Vater. Wie es ihm wohl gehen mochte?

»Was?« Auni hatte keine Ahnung, wovon Anne redete.

Der Polizei-Van raste durch die Nacht dahin. Eine Weile schwiegen die Freunde und Auni, dann begann George, dem Jungen die ganze Geschichte zu erzählen. »Und diese Amulette hätten die Unschuld meines Onkels bewiesen«, schloss sie den Satz. »Hast du das jetzt endlich kapiert?«

Zwar hatte Auni nun die Zusammenhänge verstanden, zuckte jedoch die Schultern. Er fühlte sich zu Unrecht angegriffen. »Aber das wusste ich doch alles nicht! Ihr habt mir schließlich nicht gesagt, worum es hier geht. Sonst hätte ich doch nicht … Niemals hätte ich … Ist doch logo.«

»Ich geb dir gleich logo!« Julian sprang auf und wollte auf Auni losgehen.

Doch Anne warf sich dazwischen und hielt ihren Bruder zurück. »Das bringt doch nichts, Julian.«

Schnaubend ließ ihr Bruder sich wieder auf seinen Platz sinken.

# Kapitel 7

Plötzlich bremste der Wagen ab und die Kinder wurden heftig nach vorn geworfen. George konnte gerade noch Timmy am Schlafittchen packen und ihn davor bewahren, durch den Wagen geschleudert zu werden. »Was ist los? Warum bleiben wir stehen?«, keuchte sie.

Dick rutschte an die kleine vergitterte Scheibe an der Seite und spähte hinaus. Was er sah, verschlug ihm fast die Sprache. »Was... Was macht der denn da? Da ist der Typ mit der Kutte. Die stecken unter einer Decke!«

Angestrengt versuchte er, die Szene richtig zu erfassen. »Der Polizist, der Auni vorhin das Amulett abgenommen hat, der...«

»Was ist mit ihm?«, fragte Anne ungeduldig.

»Der hat gerade dem Typen da das Amulett gegeben!«

»So ein Halunke!«, schnaubte Julian.

»Scht! Leise!«, mahnte Dick und spitzte die Ohren, woraufhin die anderen ebenfalls auf Horchposten gingen, die Ohren fest an die Wand des Vans gepresst.

»Das dritte Amulett. Jabal ath Gamal«, sagte der Kapuzenmann, nachdem er das Schmuckstück hin und her gedreht hatte. Der Polizist nickte ihm zufrieden zu. Sie hielten das letzte Puzzleteil in ihren Händen.

»Jabal ath Gamal«, wiederholte der Mann. »In diesem Tal befindet sich Tutaluns Grab.« Dann sprach er in lauterem Kommandoton, sodass die Kinder jedes Wort deutlich hören konnten: »Gebt das an unsere Leute weiter. Und sorgt dafür, dass alles vorbereitet wird. Wir treffen uns dort übermorgen.«

»Und was machen wir mit den Gören?«, erkundigte sich der Polizist und nickte in Richtung Polizeiwagen.

Jetzt wurde es interessant. Die Kinder hielten die Luft an.

»Sorgt dafür, dass sie uns nicht mehr in die Quere kommen!«, befahl der Mann mit der Kutte. »Tut mir leid, unsere Aufgabe ist größer als ein paar Kinderleben.«

Die Polizisten waren auf einmal aus Dicks Sichtfeld verschwunden.

Die Freunde sahen sich entsetzt an, kamen sich vollkommen hilflos vor.

»Verdammt! Was haben die jetzt vor?«, jammerte Dick.

Auf einmal sprang Timmy auf und begann aufgeregt zu bellen. Dann kratzte er wie ein Wilder auf dem Boden und fiepte dabei. Das klang verzweifelt!

George ging neben ihm in die Hocke. »Was ist denn, Timmy?«

Auf einmal hob Anne die Nase schnüffelnd in die Höhe. »Oh nein! Riecht ihr das nicht?«

Und da drangen auch schon feine Rauchfäden durch sämtliche Ritzen in das Innere des Wagens.

»Die wollen uns abfackeln!«, rief Dick panisch.

Auni sprang auf. »Wir müssen hier raus, sofort!«

»Los!«, brüllte Julian und warf sich als Erster gegen die Tür des Polizei-Vans, während Dick versuchte, mit einer Decke die Ritzen zu stopfen. Doch die Tür bewegte sich keinen Millimeter.

Auch die anderen versuchten es. Ohne Erfolg.

Der Wagen füllte sich immer weiter mit Rauch. Die Kinder begannen zu husten. Der Qualm brannte in Hals und Augen. Und jetzt sahen sie auch schon, wie hinter den Fensterscheiben die Flammen emporzüngelten.

Dick war es, der die entscheidende Idee hatte. »Wir müssen alle gleichzeitig treten!«

Die Freunde und Auni positionierten sich rücklings vor der Tür. Fest hielten sie sich umklammert. Dann gaben sie das Kommando. »Eins!«

Zehn Füße traten mit vereinten Kräften gegen das Blech. Die Tür machte einen Ruck.

»Zwei!«, riefen die Kinder und traten, so fest sie konnten. Der Qualm war mittlerweile unerträglich, und was noch schlimmer war: Das Fahrzeug konnte jeden Moment in die Luft fliegen. Doch niemand wagte es, diesen Gedanken laut auszusprechen.

Die Tür gab weiter nach. Sie mussten durchhalten. Sie mussten weitertreten.

»Drei!«, riefen sie im Chor. Jetzt klang es fast schon wie ein Keuchen.

Nur eine Sekunde, nachdem die Tür endlich aus der Verankerung geflogen war und die Freunde und Auni sich mit einem Hechtsprung in die Böschung in Sicherheit bringen konnten, explodierte der Wagen mit einem ohrenbetäubenden Knall.

Die Freunde hielten sich die Arme schützend über die Köpfe, die Trümmer flogen ihnen nur so um die Ohren.

In der Ferne raste der Wagen der Verbrecher mit quietschenden Reifen davon.

Dick wagte es als Erster, sich aufzurichten, nachdem der Knall verhallt war. Brennende Fahrzeugtrümmer lagen überall auf dem Platz herum. »Alter Falter, das war aber knapp!«

»Aber so was von.« Auni versuchte sich den Staub von den Kleidern zu klopfen, was ein sinnloses Unterfangen war.

Timmy kam winselnd angekrochen und schleckte Anne über die Wange. Der Schreck stand ihr noch ins Gesicht geschrieben und sie zitterte am ganzen Körper.

Dick legte ihr den Arm um die Schulter und versuchte sie zu beruhigen.

Julian blickte die Straße entlang. »Die sind auf jeden Fall weg.«

Alle dachten sie das Gleiche. Dass die Verbrecher fort waren, war für den Moment gut, so konnten sie ihnen erst einmal nichts tun. Andererseits bedeutete das auch, dass mit ihnen das Amulett verschwunden war.

Anne hatte sich mittlerweile einigermaßen gefangen. »Die haben doch irgendwas von einem Tal gefaselt! Jaba... di... Jaba... do?«

Dick kannte den Namen natürlich. »Jabal ath Gamal. Da ist Tutaluns Grabkammer.«

George rappelte sich auf und schlug sich den Schmutz von der Hose. Die Haare standen ihr wirr vom Kopf und kleine Blätter klebten darin. »Dann müssen wir da hin!«, rief sie mit entschlossener Miene.

Anne hob beide Hände zu einer Geste der Ratlosigkeit. »Ja, toll, und wo soll das sein?«

Das wusste selbst Dick nicht.

Doch nun meldete sich Auni kleinlaut zu Wort. »Ich glaube, ich kann euch helfen.«

George machte eine wegwerfende Handbewegung. »Ach, vergiss es!«

Da standen sie nun wie ein kleines Häufchen Elend und hatten keine Ahnung, was sie tun sollten, während ihr Vater in seiner Zelle die Wände anstarrte und den kleinen Schutzengel durch seine Hände gleiten ließ.

»Was meintest du gerade«, fragte Dick Auni leise.
»Wie kannst du uns helfen?«

»Ich weiß, wo Jabal ath Gamal ist«, flüsterte Auni.
»Eine Felsformation.« Und dann, als er sah, dass auch
die anderen ihm nun Aufmerksamkeit schenkten, ge-
wann seine Stimme wieder an Festigkeit. »Und ich weiß
auch, wie wir dorthin kommen!«

George war immer noch sauer auf Auni. Sie wollte
nicht noch einmal solch einen Reinfall erleben. Auf diesen Jungen war kein Verlass. Aber was sollten sie sonst
tun?

Julian und Anne schienen dasselbe zu denken.

»Bitte«, flehte Auni da. »Ich will wiedergutmachen,
was ich verbockt habe. Gebt mir eine Chance.«

Auni schien es ehrlich zu meinen. Diesmal war es
offensichtlich keine Schauspielerei.

Also nickten die Freunde. Sie waren einverstanden.

Julian sah sich um. »Okay, Leute, dann lasst uns jetzt
mal irgendwo einen Platz zum Schlafen suchen. Wir
sollten morgen früh los.«

»Alles klar, dann mir nach«, sagte Auni erschöpft und
riss dabei Georges Arm in die Höhe. Sie war ja noch
immer an ihn gefesselt.

»Aber wohin denn?«, fragte Anne.

»Na, in meine Villa!«, rief Auni. »Kommt ihr?«

Nö, ich bleibe hier, hätte George ihn am liebsten
angeblafft. Was blieb ihr auch anderes übrig. Sie hing ja
am anderen Ende der Handschellen!

George verdrehte die Augen, seufzte laut und trottete dann genervt hinter ihm her.

Auni jedoch trug ein zufriedenes Lächeln im Gesicht.

Timmy schloss winselnd zu Julian, Dick und Anne auf. »Oh ja, auch Timmy ist es nicht entgangen, dass Auni auf George steht«, sagte Julian.

Dann liefen sie los.

Anne wusste nicht genau, wo sie sich hinsetzen sollte. Dabei war sie so unendlich müde. Die Kopfhaut juckte und die aschblonden langen Haare hingen ihr in Strähnen über die Schultern. Was gäbe sie jetzt für eine Dusche! Aber Aunis Villa hatte sich als ein Unterschlupf in einer verfallenen Hausruine entpuppt. Es roch muffig und überall lag Gerümpel herum. Pappkartons und Holzkisten standen durcheinander, in einigen steckten alte Haushaltsgeräte, die offensichtlich ausgeschlachtet worden waren.

Anne stieß Julian und Dick an, denn sie hatte im Schein der Kerzen, die als einzige Lichtquelle dienten, etwas Seltsames entdeckt. Erst dachte sie, dort verstecke sich jemand in der Ecke, aber dann erkannte sie, dass da eine alte Schneiderpuppe stand. Die Puppe trug eine Jacke.

»Was ist das?«, fragte Julian Auni. »Boxt du?«

Auni hatte es soeben geschafft, George mithilfe eines

Drahtes aus ihrer Seite der Handschelle zu befreien. Erleichtert rieb diese sich das Handgelenk. »Endlich. Danke! So fühlt sich das entschieden besser an.«

»Ach, ich fand's vorher auch nicht schlecht«, sagte Auni und zwinkerte George zu, indem er aufstand, um den Freunden zu zeigen, was es mit der Puppe auf sich hatte.

George streckte Auni die Zunge raus, als er ihr den Rücken zudrehte.

Auni ging mit federnden Schritten auf den Torso zu. »Hey, my friend! Wo kommt ihr her?«

Mit diesen Worten klopfte Auni der Puppe kameradschaftlich auf die Schulter und schob im selben Moment unauffällig die Hand in deren Jackentasche. Dann präsentierte er den Freunden einen Geldbeutel auf der flachen Hand. Mit dem Daumen zeigte er über die Schulter auf die Puppe. »Aber diese Zeiten sind vorbei.«

Jetzt lächelte George Auni tatsächlich für einen kurzen Moment an und Auni zwinkerte ihr zu. Schon wieder.

Dick wunderte sich über das alles hier, die Ruine, die Kisten, das war Aunis Zuhause? »Sag mal, wohnst du hier ganz allein?«, wollte er wissen.

»Klaro«, antwortete Auni, als sei das das Selbstverständlichste auf der Welt.

Anne, die immer noch keinen Platz gefunden hatte, an dem sie sich hinsetzen mochte, verwirrte das alles sehr. So konnte man doch nicht leben. »Was ist denn eigentlich mit deiner Familie?«

Zuerst antwortete Auni nicht, und Anne hatte schon Sorge, sie habe da einen wunden Punkt bei ihm getroffen. War er etwa ein Ausreißer? Doch Auni nahm aus einer der vielen Kisten ein paar Becher heraus und antwortete: »Hab keine. Hab meine Eltern nie kennengelernt.«

Dick senkte den Blick. »Das tut mir leid«, sagte er leise.

»Kein Problem«, versicherte Auni. »Ich kenn das nicht anders.«

Als Auni ihnen bedeutete, Platz zu nehmen, fasste Anne sich ein Herz und setzte sich schließlich einfach hin. »Wo bist du denn aufgewachsen?«, fragte sie.

»Im Waisenhaus«, kam sogleich die Antwort. »War aber nichts für mich. Die haben einen da nur angeschrien.«

George blies Luft aus den Backen. »Au Mann.«

»Ich bin dann abgehauen«, fuhr Auni mit einem trotzigen Lächeln auf den Lippen fort. Als Julian, Dick, Anne und George ihn mitleidig ansahen, war ihm das plötzlich unangenehm und er versuchte, den Augenblick zu überspielen.

»Hey. Ist jetzt nicht das Grand Hotel hier, ich weiß«, sagte er und zeigte mit ausgebreiteten Armen in den Raum hinein. »Aber ich habe ein Dach über dem Kopf. Außerdem kann ich kommen und gehen, wann ich will, ohne dass mich jemand fragt, wo ich gewesen bin!«

Aber es ist doch auch schön, wenn da jemand ist, den es interessiert, wo man gewesen ist, dachte Anne voller Mitleid, als Auni auch schon versicherte, er habe hier wirklich alles, was er brauche.

»Meine Küche«, erklärte er und zeigte auf eine Steinplatte, auf der zwei Töpfe standen. »Und mein Schlafzimmer.« Wobei es sich um einen Stapel Kisten handelte, auf dem ein Lager aus Stroh und Kissen bereitet war. Dann machte Auni ein wichtiges Gesicht. »Und jetzt schaut her, ich habe sogar fließendes Wasser.«

Auni hielt einen der Becher unter eine Plastikflasche, die unter der Decke hing und in der sich Regenwasser sammelte. Dann zog er an einem Band und der Becher füllte sich. Ein leises Plätschern erfüllte den Raum. Die Freunde sahen gebannt zu. Dieser Auni war wirklich ein pfiffiges und erfinderisches Kerlchen. Und geschickt war er obendrein.

Als alle Becher gefüllt waren und auch Timmy ein Schüsselchen Wasser bekommen hatte – prostete Auni den Freunden zu. »Auf…«

Er stockte. Worauf sollten sie anstoßen?

Doch George kam ihm zu Hilfe. »Auf Onkel Bernhard!«, rief sie.

Jetzt hoben auch Julian, Dick und Anne ihre Becher und stießen mit George und Auni an. »Auf Papa!«, stimmten sie mit ein.

Aus Timmys Richtung war ein lautes Schlabbern zu hören.

Ihre Gedanken wanderten zu Bernhard Kirrin.

Anne hob den Blick. Dort oben konnte sie durch ein großes Loch im Dach den tiefdunklen Himmel sehen, an dem die Sterne funkelten, als wollten sie Trost spenden. Die Sterne, dachte Anne, die kann Papa sicher auch sehen. Und dieser Gedanke wärmte ihr Herz.

»Wisst ihr noch?« sagte sie leise. »Wenn wir früher traurig waren oder nachts nicht schlafen konnten, hat Papa uns immer diese Melodie vorgesummt…«

Natürlich wussten Dick und Julian das noch! Und als Julian begann, die Melodie leise zu singen, stimmten Dick und Anne mit ein. Wie gerne hätte sie jetzt ihren Vater getröstet.

Bald darauf lagen sie alle dicht gedrängt auf Aunis Strohlager. Anne hatte sich inzwischen damit abgefunden, dass sie für diese eine Nacht den muffigen Geruch aushalten musste. Sie hatten eine Mission zu erfüllen, was war dagegen schon ein unangenehmer Geruch? Ihr Vater hatte weitaus Schlimmeres zu ertragen. Und das Rascheln, das sie irgendwo im Raum hörte, versuchte sie zu verdrängen und hoffte, es sei nicht das, wofür sie es hielt.

»Wir schaffen das, oder?«, wisperte sie.

»Na was denkst du denn«, erwiderte Dick. Er wollte nicht nur seiner kleinen Schwester Mut machen, sondern auch sich selbst.

George klang kämpferisch, als sie sagte: »Morgen klauen wir die Amulette von diesen Mützenträgern, oder?«

»Und beweisen, dass euer Vater unschuldig ist«, fügte Auni hinzu. »Ist doch logo.«

Es fühlt sich gut an, zu wissen, dass wir alle an einem Strang ziehen, dachte Julian. Gemeinsam schaffen wir das!

Diesen schönen Gedanken konnte er mit in den Schlaf nehmen, den sie alle so bitter nötig hatten.

# Kapitel 8

Der nächste Morgen weckte Auni und die Freunde mit herrlichem Sonnenschein. Im Licht der Strahlen, die durch die Bretterverschläge vor den Fenstern drangen, tanzte der Staub. Irgendwo in einem der Hinterhöfe krähte tatsächlich ein Hahn.

Während George, Anne und Dick noch schliefen, war Auni bereits eifrig und gewissenhaft dabei, die Sachen für ihre Tour in Rucksäcken zu verstauen.

»Aufwachen, ihr Schlafmützen!« Julian hatte mit Timmy eine kleine Runde gedreht und kam gerade wieder hereingepoltert. Er war aufgekratzt, das war nicht zu übersehen.

»Ich habe gerade mit dieser Niete von Anwalt telefoniert«, sagte er gereizt. »Er hat gesagt, er darf eigentlich gar nicht mit mir reden. Wir sollen uns der Polizei stellen und ihm vertrauen. Pft!«

George wischte sich den Schlaf aus dem Gesicht und

gähnte herzhaft. »Ja, klar, super Idee! Dann sitzen wir im nächsten Flieger.«

Julian machte ein resigniertes Gesicht. »Das Urteil soll schon übermorgen gesprochen werden«, berichtete er.

Jetzt war Dick hellwach und sprang vom Strohlager. »Was? So ein Mist!«

Anne krabbelte eilig hinterher. »Dann sollten wir uns beeilen!«

Julian warf Auni das Handy zu, mit dem er gerade telefoniert hatte. »Danke fürs Leihen!«

Auni fing das Gerät geschickt auf und warf es direkt an Dick weiter. »Kein Problem, das gehört eh ihm.«

Er wartete einen kurzen Moment, bis Dick das Gerät sicher gefangen und als seins und als unbeschädigt erkannt hatte. Dann fragte Auni schmunzelnd: »Sag mal, Dick, woher kennst du eigentlich Elena?«

Dick runzelte die Stirn. »Woher kenne ich …«, setzte er an, doch Auni fiel ihm mit der Erklärung gleich ins Wort.

»Na ja, ich hab den kleinen Film von ihr auf deinem Handy gesehen. Ich kenne ihren Vater ganz gut. Ibrahim. Ein Supertyp. Wirklich. Aus heiterem Himmel ist er spurlos verschwunden.«

»Was meinst du mit *verschwunden*?«, wollte Dick wissen.

Auni breitete die Arme aus und zuckte mit den Schultern. »Also, er ist wie vom Erdboden verschluckt!«

George kam langsam näher und machte ein nachdenkliches Gesicht. »Seltsam. Elena hat doch gesagt, ihr Vater sei im Urlaub.«

Sie blickte in die Runde. Auch die anderen schienen das sonderbar zu finden. Ob es da vielleicht irgendeinen Zusammenhang gab? Aber warum sollte Elena sie anflunkern?

Auni suchte inzwischen dies und das zusammen, griff nach einer Schachtel Streichhölzer und wühlte in einer der Kisten herum. »Ja, ist schon merkwürdig. Dennoch – wir sollten los.«

Julian nahm ein paar Sachen an, die Auni ihm reichte, und stopfte sie in die Rucksäcke. Auni versank halb in der großen Kiste und kramte einen Armvoll Kleidung hervor. »Hier, hopp! Wüstenoutfit für euch. Ihr braucht die passende Kleidung für unsere Tour«, rief er und warf den Freunden die Sachen zu. »Zieht das über.«

Anne fing eine Art hellblauen Kaftan auf, wie die Beduinen ihn trugen, und betrachtete ihn skeptisch. Wieder stieg ihr ein muffiger Geruch in die Nase. Außerdem war da ein hellrotes Tuch, das sie sich um den Kopf schlingen konnte. »Sag mal, Auni, dieses Jabal ath Gamal, ist das eigentlich weit von hier?«

»Schon ein Stück«, sagte Julian. »Aber solange die glauben, dass wir tot sind, sind wir sicher.«

»Und wie kommen wir dahin?«, wollte Anne wissen.

Auni zuckte mit den Schultern und sagte beiläufig: »Na, ich hab 'ne Spitzenidee. Mit Kamelen!«

Kamele! Anne seufzte innerlich. Das hatte ihr gerade noch gefehlt. Auni hatte ganz stolz erklärt, dass es nicht leicht gewesen war, die Tiere zu organisieren, aber da er gute Verbindungen hatte, war es ihm gelungen.

Julian, der Anne die Sorge im Gesicht ablesen konnte, beruhigte sie. »Anne, wir können den weiten Weg schlecht zu Fuß zurücklegen. So ist das für uns viel entspannter. Du kannst mit mir zusammen auf einem reiten.«

Da sie ohnehin nur vier Kamele zur Verfügung hatten, blieb ihnen auch nichts anderes übrig.

Dick war Feuer und Flamme. Solch ein Wüstenschiff wollte er schon immer mal ausprobieren. Sogleich hatte er sich mit Auni zusammen an die Spitze der kleinen Karawane gesetzt, und es dauerte nicht lange, da hatten sie die Pyramiden von Gizeh schon hinter sich gelassen und strebten geradewegs auf die Wüste zu.

Langsam bewegten sich die Tiere vorwärts und wiegten sich dabei hin und her.

»Ist mir schlecht«, stöhnte Anne. Ob sie sich an diese Bewegung würde gewöhnen können?

»Klasse, so ein Wüstenschiff, nicht wahr?«, rief Auni und lenkte sein Kamel näher an das von Dick heran.

»Hey, Dick«, zischte er. »Ich glaube, George steht auf mich.«

Dick hätte sich beinah an seiner eigenen Spucke verschluckt. »Bist du dir sicher?«

Auni senkte verlegen den Blick. »Ist nur so ein Gefühl.« Eine Sekunde später hatte er sein selbstsicheres Grinsen schon wiedergefunden. »Ich kenn mich da aus mit Frauen und so.«

»Schon klar«, erwiderte Dick und konnte sich ein ›Ist ja logo‹ gerade noch verkneifen.

Julian hatte schnell Geschmack gefunden an seinem außergewöhnlichen Reittier, das so brav unter ihnen lief. Er fühlte sich sicher und mutig. »Wie sieht's mit einem Wettrennen aus? Wer als Erster bei der Düne da hinten ist! Yee-ha!«

Julian drückte seinem Kamel die Fersen in die Flanken und feuerte es mit Zurufen an.

»Aber …«, stotterte Anne, als sie merkte, dass das Tier keineswegs schneller wurde, sondern etwas ganz anderes im Sinn hatte. »Was passiert denn jetzt?«

»Jetzt komm schon, du blödes Kamel«, schimpfte Julian. Aber er konnte es nicht verhindern. Während Anne und er die anderen in flottem Tempo davonziehen sahen, legte sich ihr Kamel erst einmal gemütlich hin.

Jetzt ruckelten sie beide hin und her, so fest sie konnten, und zu ihrer Erleichterung bequemte sich das Kamel, wieder aufzustehen.

»Uaaahhh! Festhalten!«, brüllte Anne und geriet dermaßen in Schieflage, dass sie ihren Bruder fast hinuntergezogen hätte. Nur mit größter Mühe konnten sie sich auf dem Rücken des Kamels halten.

Das konnte ja noch heiter werden!

Selbst Dick und Julian mussten sich bald eingestehen, dass solch ein Ritt auf einem Kamel anstrengend war. Sie hörten den Kater jetzt schon schnurren, der am nächsten Tag unweigerlich durch ihre Muskeln schleichen würde. Und dann war da diese Hitze. Die Sonne brannte gnadenlos auf sie herab. Welch ein Segen, dass Auni sie mit dieser wüstentauglichen Kleidung – Kaftane und bunte Turbane – ausgestattet hatte.

Auni hatte ihre Erschöpfung bemerkt und tröstete: »Keine Sorge. Noch durch dieses Tal. Dahinter ist eine alte Ruinenstadt, in der wir Pause machen.«

George meinte, sich verhört zu haben. »Eine Ruinenstadt? Mitten in der Wüste?«

Aber Dick hatte diese Information überhaupt nicht verwundert. Zeit, mal wieder etwas Allgemeinwissen aus seinem Gehirnfundus an die Freunde zu bringen!

»Nicht ungewöhnlich so etwas«, erklärte er. »In der antiken Hochkultur verstand man sich auf die Fähigkeit der Wasserbewirtschaftung durch das Anlegen einer künstlichen Oase. Wüstenstädte wurden oft als Station für Karawanen genutzt...«

Aber da hörten die anderen schon nicht mehr zu. Sie waren müde, sie waren durstig und hatten einfach keine Lust auf Dicks Vorträge, sondern wollten so schnell wie möglich diese Ruinenstadt erreichen.

Auni hatte nicht gelogen. Es dauerte nicht lang, da kamen die verfallenen Häuser der Stadt in Sicht, die er Chebika nannte. Der Wüstenwind wehte gespenstisch durch die Häuserschluchten. Leere Fensterlöcher starrten ihnen entgegen, schräg hängende Türen knarrten im Luftzug, kleine Echsen huschten flink über die Mauern. Nein, hier lebte schon lange niemand mehr. Julian fasste sich an den Hals. »Ich bin kurz davor, auszutrocknen.«

Schon bald standen die Kamele angebunden im Schatten und dösten vor sich hin.

Wirklich erstaunlich, dass die so lange auskommen können, ohne zu trinken, dachte George, aber sie sprach es nicht an, weil sie befürchtete, dass das bei Dick den nächsten Vortrag auslösen könnte.

Plötzlich erstarrte sie mitten in der Bewegung. Was war das gewesen?

Auch die anderen hatten es gehört, denn sie horchten ebenfalls auf. Schwach, aber dennoch deutlich war eine Stimme zu hören. »Hallo! Hilfe!«

»Da ruft jemand«, flüsterte Dick.

Timmy spitzte die Ohren und begann zu winseln. Es war schwierig, auszumachen, woher die Stimme kam, denn sie hallte von den Häuserwänden wider und schien von überall her gleichzeitig herüberzuschallen.

Mit einem Mal riss Auni erschrocken die Augen auf. »Das ist doch ... Das ist Ibrahim!«

»Was? Elenas Vater?«, rief Anne.

»Da muss was passiert sein!« Ohne weiter nachzudenken, lief Auni in die Richtung, aus der er die Stimme vermutete. Und richtig. Sie wurde immer deutlicher.

100

»Hilfe! Hierher!«, hörte Auni und flüsterte:»Ja, ich komme, Ibrahim.«

Julian, Dick, Anne, George und Timmy ließen ihn natürlich nicht allein und hefteten sich ihm an die Fersen, obwohl ihnen die ganze Situation alles andere als geheuer vorkam. Irgendetwas war hier doch faul!

Zielstrebig eilte Auni an der Zeile verlassener Häuser vorbei. Die Stimme wurde immer lauter. Er war auf dem richtigen Weg.

Julian lief als Letzter in der Reihe. Gerade als sie um eine Ecke bogen, war es ihm, als habe sich hinter ihm ein Schatten bewegt. Erschrocken drehte er sich um. Nein, da war nichts.

Jetzt blieb Auni stehen. Eindeutig, aus diesem Haus kam die Stimme.»Hört mich jemand? Hilfe!«

Zögernd stießen die Kinder und Timmy die Tür zu dem verfallenen Lehmhaus auf, in dem es erstaunlich kühl war. Nur wenige Sonnenstrahlen fanden den Weg durch die Löcher im Dach. In den Ecken lag Unrat. Ein zerbrochener Tonkrug stand auf einem Regalbrett. Ansonsten war das Haus leer. Bis auf… ein Bettgestell aus Metall, das in der dunkelsten Ecke stand. Darauf eine vermoderte Decke, unter der sich etwas wölbte. Und auch die Stimme kam von dort.»Bitte helft mir!«

Julian stürzte auf das Bett zu und riss beherzt die Decke fort.

Anne musste einen Schrei unterdrücken. Dabei war das, was sie da sah, überhaupt nichts Gruseliges oder

Ekeliges. Es war ein Ghettoblaster. Aus den Lautsprechern drang monoton die Stimme Ibrahims.

»Das gibt es doch gar nicht«, schimpfte Anne.

»Hilfe! Hört mich jemand?«, rief die Stimme des alten Mannes, die sich nun, aus der Nähe, blechern anhörte.

»Was soll das?«, stammelte Julian. »Was zum Teufel wird hier gespielt?«

»Verdammt, die haben uns reingelegt!«, schimpfte George und ärgerte sich dabei am meisten über sich selbst.

»Aber woher wissen die, dass wir noch am Leben sind?«, dachte Dick laut nach.

Und plötzlich wurde Julian von Panik erfasst. Was, wenn … »Schnell, Leute, zu den Kamelen!«

Im ersten Moment war er sich nicht sicher, ob er sich den Weg gemerkt hatte. Hauptsache, sie verliefen sich nicht noch in diesem Labyrinth aus Gassen. Aber nein, er erkannte die Häuser wieder, an denen sie vorbeigelaufen waren. Und auch Timmy wusste den Weg. Schnell, schnell!

Anne glaubte, die Lunge müsse ihr platzen, als sie endlich vollkommen außer Puste die Stelle erreichten, an der sie die Kamele zurückgelassen hatten.

»Oh nein, die sind weg!«, brüllte Dick. Er drehte sich mehrmals um sich selbst, um nach den Tieren Ausschau zu halten, aber vergebens.

Julian raufte sich verzweifelt die Haare. »Unsere Vorräte!«

»Und unser Wasser!«, schrie Anne hysterisch. »Ausgerechnet das Wasser!«

Alle schimpften und fluchten durcheinander. Wie hatten sie sich bloß so austricksen lassen können! Nur Auni wurde ganz still. Er hatte ein schlechtes Gewissen. »Das tut mir so leid«, sagte er leise. »Ich hab uns das eingebrockt ...«

»Quatsch!«, erwiderte Julian. »Wir haben doch alle nicht nachgedacht!«

»Ja«, sagte George. »Ist nicht deine Schuld.«

Auni schaute auf seine Fußspitzen hinab und wusste nicht, was er sagen sollte. Er war froh, dass die anderen ihn nicht verantwortlich machten, aber dennoch ...

Als er aus dem Augenwinkel sah, wie Dick sein Handy aus der Hosentasche zog, wollte er etwas sagen. Aber Dick würde es schon selbst sehen.

»Mist!«, fluchte Dick und hielt das Handy in die Höhe. »Kein Empfang!«

 Kapitel 9

Es gab keine andere Möglichkeit, sie mussten ihren Weg zu Fuß fortsetzen, ohne Proviant, und was am schlimmsten war, ohne Wasser. Die Tücher, die sie sich um den Kopf geschlungen hatten, zogen sie so weit wie möglich in die Stirn. Dennoch brannte ihnen die Sonne erbarmungslos in die Gesichter.

Das Laufen auf dem Sand, der bei jedem Schritt unter den Füßen wegrutschte, war enorm anstrengend.

»Ohne Wasser halten wir hier nicht lange durch«, stöhnte Julian.

»Was, wenn wir kein Wasser finden?«, jammerte Anne. Ihre Kehle war so trocken, dass sie kaum richtig sprechen konnte.

Dick wollte das Ganze von der wissenschaftlichen Seite aus angehen und fragte Auni, ob es denn nicht schlau wäre, der Spur eines Tieres zu folgen. »Tiere finden immer Wasser, richtig? Hab ich mal gelesen.«

»Keine Ahnung«, gab Auni resigniert zurück.

Eine Weile schleppten sie sich schweigend weiter. Sie waren vollkommen erschöpft und ihre Schritte wurden immer schwerer.

»Ich kann nicht mehr.« Annes Stimme kippte vor Verzweiflung und Erschöpfung.

George fasste sie unter dem Arm und zog sie mit sich. »Wir müssen weiter, Anne.«

Dick griff sich an den Hals. »Ich habe solch einen Durst.« Seine Füße fühlten sich zentnerschwer an, er hatte Mühe, sie zu heben. Und da war er auch schon gestrauchelt und ging auf die Knie.

Sofort war Julian an seiner Seite und half ihm wieder auf. »Geht es?« Und in diesem Moment entdeckte Julian etwas in der Ferne. »Da! Seht nur!« Aufgeregt streckte er den Arm aus und zeigte ins Nirgendwo. »Haha, wir sind gerettet!«, rief er euphorisch und stolperte weiter durch den Sand.

Mit besorgten Blicken suchten Dick, George, Anne und Auni den Horizont ab, doch sie konnten nichts sehen, was Julians Euphorie hätte auslösen können. Da war nichts als die unendliche Weite der Wüste, heißer Sand, wohin man sah.

Julian bot seine letzten Kräfte auf und begann zu rennen.

George versuchte ihn zurückzuhalten. »Nein, Julian, warte!«

Aber zu spät. Julian riss bereits jubelnd die Arme in

die Höhe und stürzte sich ins vermeintliche Wasser. Unsanft landete er im Sand.

»Eine Fata Morgana«, seufzte Dick traurig. »So weit ist es also schon.«

Julian hob mit letzter Kraft den Kopf und ließ ihn sogleich wieder sinken. Sand klebte an seinen aufgesprungenen Lippen.

Sie waren am Ende ihrer Kräfte. Nur diesen Schritt noch, und den nächsten, und noch einen. Wie ein Mantra wiederholte Anne diesen Befehl, der sie weiter durchhalten ließ. Ihr Gesicht fühlte sich an wie ausgedörrt und als sei die Haut aufgerissen. Die Lippen schmerzten bei jeder Bewegung. Wie durch einen Schleier beobachtete sie, wie George Auni stützte, der beinahe gestrauchelt wäre. Sie sah, wie Auni George etwas zusteckte.

Es war ein Fläschchen. »Ya habibi!«, sagte Auni zu George. »Hier. Bevor wir vielleicht … Ich wollte dir das noch geben. Habe ich extra für dich gekla… gekauft. Ist ein Parfüm.«

Was soll ich jetzt und hier mit Parfüm, dachte George, dabei fühlten sich ihre Gedanken an, als müssten sie durch einen Eimer Kleister schwimmen. Dennoch zog sie den Stöpsel ab und schnupperte. Der Duft verursachte ihr Übelkeit, aber sie war gerührt über Aunis Geschenk.

»Riecht wirklich toll«, log sie daher. »Vielen Dank, Auni.«

Sie schob das Fläschchen in die Hosentasche und dachte: So verdurste ich wenigstens mit einem Parfüm in der Hosentasche.

Und dann sank sie auch schon zu Boden. Die Beine versagten ihr den Dienst.

Niemand half ihr auf die Beine, denn den anderen ging es nicht anders. Die Wüstensonne hatte ihren Tribut eingefordert. Der Kampf war verloren.

»Was ich euch noch sagen wollte…« Aunis Stimme klang schwach und dünn, als er da neben den anderen im Sand lag. »Also euch allen… dieses Familiending… wir halten zusammen und so… ich finde das gar nicht mal… uncool.«

Die Freunde lächelten. Jeder für sich.

»Shokran«, flüsterten sie.

»Afuan«, antwortete Auni leise.

Dann war nur noch der Wind zu hören, der den Sand über sie hinwegwehte.

Einer jedoch hatte nicht aufgegeben. Timmy.

Er schlich von Julian zu Dick, von George zu Anne, schließlich zu Auni, schleckte ihnen über das Gesicht. Sie sollten aufwachen, aufstehen, weitergehen! Aber keiner von ihnen rührte sich.

Am Ende legte Timmy sich eng an George, platzierte seinen Kopf auf ihrem Arm und bewachte sie.

Witternd hob er die Nase in den Wind.

Und dann sprang er auf die Pfoten und machte sich auf den Weg. Auch er hatte ein Wüsten-Outfit bekommen. Seine Pfoten waren mit Stoffbandagen gegen den heißen, schneidenden Sand geschützt. Jetzt war es an ihm. Nur er konnte sie alle retten!

In einiger Entfernung zeichnete sich eine große Sanddüne gegen den Horizont ab.

Auch Timmy hatte entsetzlichen Durst. Seine Beine wurden immer schwächer, doch er schaffte es, sich die Düne hinaufzukämpfen, wo er sich erschöpft zu Boden sinken ließ.

Der Blick reichte weit von hier oben. Und er reichte weit genug, um zu erkennen, dass sich die Strapaze gelohnt hatte.

Dort hinten, wo Wüstensand und Himmel aufeinandertrafen, löste sich plötzlich etwas aus der Düne. Ein Jeep!

Timmy rannte los.

Anne erlangte das Bewusstsein wieder, als Wasser ihre Lippen benetzte. Wasser! Langsam öffnete sie die Augen und erschrak, als sie in die Augen eines dunkel gekleideten Mannes blickte.

»Anne!«, rief George aufgeregt. »Timmy! Es war Timmy, der uns gerettet hat! Ich habe gedacht, er ist weg, aber er hat Hilfe geholt! Er hat den Jeep der Männer angehalten und hat sie dazu gebracht, ihm zu folgen. Wir sind gerettet.«

Langsam richtete Anne sich auf und Timmy schleckte ihr fröhlich durchs Gesicht.

Bald entließ die Sonne sie alle aus ihrer heißen Fessel und senkte sich langsam am Horizont.

Die beiden Beduinen hatten die Kinder mit Fladenbrot, getrockneten Datteln und Tee versorgt und lächelten zufrieden in deren Gesichter, die ihr Lächeln dankbar erwiderten. Sie saßen eng beieinander, denn so heiß es am Tag gewesen war, so kalt wurde es jetzt. Die beiden Männer hatten ihr Zelt aufgebaut und ein Feuer entfacht. Sie hatten Decken dabei, in die sich die Kinder nun kuschelten.

»Wie können wir Ihnen nur jemals danken?«, fragte Julian.

»Mafisch mushkila. Wa alaikum as-salam!«

Mehr aus Höflichkeit deuteten die Freunde ein Nicken an, denn verstanden hatten sie kein Wort. Anne sah Auni fragend an.

»Er sagt, 5000 Pfund, und alles ist gut.«

Anne zuckte zusammen. »Wie?«

»Ihr sollt das Geld einfach mir geben«, fügte Auni hinzu.

»Julian, wo sollen wir das Geld hernehmen?«, fragte Anne verunsichert.

Ihr Bruder grinste sie breit an. »Anne, der veräppelt dich nur.« Anne spürte, wie sie rot wurde.

Jetzt grinste Auni sie spitzbübisch an, als er auch schon Georges Faust schmerzhaft am Oberarm zu spüren bekam. »Aua!« Er rieb sich theatralisch den Arm. »Na, aber das war's doch wert.«

Aber auch Timmy konnte Aunis Verhalten nicht gut-
heißen und bellte ihn aus.

Die Freunde lachten. Sie fühlten sich so unendlich
erleichtert.

»Wie weit ist es noch bis Jabal ath Gamal?«, erkundigte sich Dick.

Auni nickte in Richtung der beiden Beduinen. »Die
Jungs sagen, circa eine Stunde von hier. Wenn wir also
morgen bei Sonnenaufgang aufbrechen, müsste alles
klar sein.«

»Na dann«, sagte Julian und musste plötzlich gähnen.
»Das klingt nach einem Plan.«

»Ist doch logo.« Auni grinste.

Ausgeruht und mit neuer Kraft machten sich die fünf
und Timmy am nächsten Morgen in aller Frühe auf den
Weg. Auch wenn sie nur noch ein Stück des Weges vor
sich hatten, hatten die Beduinen sie dennoch mit einem
Wasservorrat ausgestattet. Eine Stunde waren sie bereits gelaufen, als sie sich vor einer Anhöhe wiederfan-
den.

»Dahinter muss es sein«, stellte Auni fest und zeigte
hinauf. Sofort spurtete er los, doch Julian ermahnte ihn,
langsamer zu laufen.

Sosehr sie sich ans Ziel gewünscht hatten, so großen Respekt hatten die Freunde nun davor. Sie wussten
nicht, was sie erwartete, sie waren vor keiner Überraschung sicher. Vorsicht war geboten.

Also erklommen sie langsam die felsige Anhöhe und das letzte Stück bis zur Felskante krochen sie auf allen vieren. Und das war auch gut so! »Wow!«, machte Auni nur. »Da haben die sich aber ordentlich eingerichtet.«

Dort unten hatten die Kapuzenmänner bereits ein Lager aufgebaut, und einige waren dabei, den Sand von einer großen quadratischen Steinplatte zu fegen, die ähnlich wie ein Schachbrett gemustert war.

»Was ist das denn?«, fragte George.

»Hm«, machte Auni und zeigte hinunter. »Das da sind Zelte und das da drüben Autos.«

»Haha«, frotzelte George. »Das weiß ich auch. Ich meine die Steinplatte da.«

»Das ist vermutlich der Eingang zu Tutaluns Grab«, mutmaßte Dick.

Am Kopf des Steinmosaiks befand sich ein kleiner Sockel, der mit einem goldenen Tuch bedeckt war, in dem sich der Wüstenwind fing. Doch das, was sie am meisten beeindruckte, waren die vielen, vielen Männer mit schwarzen Kutten, die eifrig Kisten von einem Lkw luden oder Fackeln in die Erde trieben.

Wie Geister aus einer anderen Welt muteten sie an, denn ihre Gesichter waren nicht zu erkennen.

Eine Weile noch liefen die Männer mit den Kutten hin und her, dann ertönte plötzlich eine tiefe Stimme. Die fremd klingenden Wörter hallten durch das Tal.

111

Anne spürte ein Kribbeln im ganzen Körper. »Okay, es scheint loszugehen!«

Nun traten die Männer aus den Zelten und schritten langsam auf die Steinplatte zu. Dort stellten sie sich im Halbkreis auf.

Julian nickte ihr zu und versuchte seine Aufregung vor der kleinen Schwester zu verbergen. Gleich wurde es auch für sie ernst. Schließlich hatten sie eine wichtige Aufgabe zu erfüllen.

Für einen kurzen Moment wanderten seine Gedanken zu ihrem Vater.

»Da!«, zischte Julian auf einmal. »Der Typ mit der roten Kutte!«

Jetzt erschien eine Gestalt auf der Bildfläche, die anders als die übrigen Männer in eine auffällige rote Kutte gehüllt war. Gemächlichen Schrittes trat sie aus einem der Zelte und begab sich, begleitet von dumpfen Trommelschlägen, zu dem Sockel.

Mit beiden Händen trug der Mann eine reich verzierte Schatulle vor sich her und stellte sie schließlich vorsichtig darauf ab, als handele es sich um ein rohes Ei.

»In der Schatulle sind bestimmt die Amulette«, zischte Dick.

Dies war der Augenblick, in dem die Männer sich auf die Knie sinken ließen und einen gebetsartigen Singsang anstimmten, dass den Freunden und Auni eine Gänsehaut über den Rücken lief. Die tiefen Stimmen und das dumpfe Trommeln hallten von den Felswänden wider und überlagerten sich, sodass die Luft bald von einem bedrohlichen und gespenstischen Vibrieren erfüllt war. Die Kinder hielten den Atem an.

Jetzt öffnete der Anführer mit einer langsamen Handbewegung die Schatulle.

Sie hatten es ja bereits geahnt, aber jetzt sahen die Freunde es mit eigenen Augen: die Amulette! So nah und doch unerreichbar!

Mit einem Handzeichen gab der Mann in Rot den anderen das Kommando, sich zu erheben, und begann zu ihnen zu sprechen.

Julian konnte den Blick nicht von der kleinen Schatulle abwenden. »Da sind die Amulette!«

»Okay!« Auni schlug sich mit der Faust in die hohle Hand. Er war bereit! »Dann lasst es uns jetzt durchziehen.«

Dick zog die Augenbrauen hoch. »Hast du eine Idee?«

Auni sah Dick erstaunt an. »Nee. Ich dachte, du bist hier das Superhirn.«

Anne blickt verzweifelt in die Runde. Sie mussten aber handeln! Und zwar schnell!

Wie ein Adler ließ George noch einmal den Blick über die Szene dort unten schweifen. Sie erfasste jedes Detail. Und auf einmal war ihr klar, was zu tun war.

»Hört gut zu!«, flüsterte sie. »Wir machen es so …«

Etwas abseits der Zeremonie standen zwei der Männer und bewachten die Fahrzeuge. Wie Indianer schlichen sich Julian und George heran.

Plötzlich rollte einem der Männer ein kleiner Kieselstein vor die Füße.

Stutzig hob er die Augenbrauen. Der andere gab ihm mit einer Kopfbewegung zu verstehen, er solle lieber nach dem Rechten sehen.

Der Plan ging auf! Der Mann umrundete das Fahrzeug und sah sich einer breit grinsenden George gegenüber. Er setzte an, seinen Kollegen zu rufen, doch die Laute blieben ihm im Hals stecken, denn im selben Augenblick ging er nach einem schmerzhaften Schlag auf den Hinterkopf k.o.

Und wie George und Julian es erhofft hatten, wurde der Kuttenträger bald vermisst. Der andere der beiden Wachposten kam, um nachzusehen, wo sein Kollege blieb. Doch er sah: nichts.

Dafür hörte er ein Klopfen, das aus dem Inneren das Vans kam. Er blieb stehen und horchte. Ja, da kam eindeutig ein Klopfen aus dem Wagen.

Verdutzt spähte er durch die Scheibe der Beifahrertür. Ein grober Fehler, wie er im selben Moment schmerzhaft erfahren musste, denn die Tür schlug ihm mit einem lauten ›Plong‹ gegen den Kopf.

Zufrieden sprang George aus dem Wagen und beugte sich über den ohnmächtigen Mann. »Der hat für ein Weilchen süße Träume«, frotzelte sie und zog ihm

114

die Kutte aus. Dann hievten sie den Mann gemeinsam durch die Schiebetür in den Van, wo sein Kollege bereits gefesselt und geknebelt auf ihn wartete.

George hob die Faust. Julian boxte dagegen. »Das wäre schon mal geschafft!«

Kurz darauf standen sie da in ihren Kutten. Julian und George. Sie mussten grinsen und wussten nicht, ob sie das taten, weil es so lustig aussah oder weil sie schlichtweg ihre Angst überspielen wollten.

Denn was jetzt kam, würde kein Spaziergang werden.

## Kapitel 10

George warf einen verstohlenen Blick auf Julian, der sich neben ihr in die Reihe der Kapuzenleute geschlichen hatte. Sie fragte sich, ob sein Herz ebenso raste wie ihres, und versuchte, so aufrecht wie möglich zu stehen, denn sie war ein gutes Stück kleiner als all die anderen, die hier an der Zeremonie teilnahmen. Es war gut, zu wissen, dass die anderen sie im Blick hatten. Dick, Anne, Auni und Timmy lagen bei den Vans auf der Lauer. Aber ob sie etwas würden ausrichten können, wenn es hier hart auf hart ging?

Auch Anne war es ganz mulmig zumute, und sie hoffte so sehr, dass George und Julian nicht entlarvt wurden.

»Jetzt sind sie in der Höhle des Löwen«, flüsterte Dick.

Für George und Julian wurde es ernst, denn der Anführer in der roten Kutte hob die Hände und sprach

116

zu den Männern. Wenn sie jetzt etwas falsch machten und aufflogen, war alles verloren. Wie skrupellos diese Männer waren, hatten sie ja bereits am eigenen Leib erfahren.

»Der Moment, auf den wir so lange gewartet haben, ist gekommen«, sprach der Anführer in feierlichem, fast andächtigem Ton. Sein Gesicht war von einem schwarzen Tuch bedeckt und seine Stimme klang seltsam verfremdet. »Atai ham kawan.«

Jetzt erhoben sich die Stimmen in der Runde der Männer. »Atai ham kawan«, erwiderten sie im Gleichklang.

Verdammt, dachte Julian. Sagen wir den falschen Text, fallen wir auf. Sagen wir gar nichts, fallen wir auch auf. Unsicher murmelte er etwas zeitversetzt die letzten Silben.

»Tolung kumanda«, sprach der Anführer mit kräftiger Stimme, worauf der Chor der Männer echote: »Tolung kumanda.«

George warf Julian einen Hilfe suchenden Blick zu und murmelte: »…kumanda.«

Nun verneigten sich die Männer, so auch George und Julian, doch als sie sich wieder aufrichteten, merkten sie selbst, wie asynchron das war.

Au weia, dachte George und biss sich auf die Lippe.

»Tretet nun vor, um eure Ehre zu erweisen«, sprach der Rotgewandete und reckte die geballten Fäuste vor.

Julian und George waren heilfroh, dass die riesigen Kapuzen einen Schatten über ihre Gesichter legten.

In diesem Moment setzten sich die Männer in Bewegung. Julian und George achteten genau darauf, in welcher Formation sie auf den Sockel zu liefen. Dort verneigten sie sich nacheinander ehrfürchtig vor den Amuletten und hoben die Fäuste zu denen des Anführers, bevor sie sich auf der gegenüberliegenden Seite wieder in Reihen aufstellten.

Julian schlug der Puls inzwischen bis zum Hals, denn jetzt kam gleich der entscheidende Augenblick. Nun kam es auf sie an, es durfte nichts schiefgehen.

Während er und George sich mit langsamen Schritten dem Mann mit der roten Kutte näherten, waren Dick und Auni bereits in Position gegangen. Sie warteten auf Annes Kommando.

»Gleich stehen sie davor!«, zischte Anne.

Dicks Beine zitterten vor lauter Aufregung. »Bist du dir wirklich sicher, dass sie es sind?«, vergewisserte er sich.

»Ich hoffe es«, jammerte Anne. »Die sehen ja alle gleich aus.«

Sicherheitshalber setzte sie sich ihre Brille auf. Ja, das waren George und Julian!

Anne hob den Arm.

Nur noch wenige Schritte, und Julian und George waren unmittelbar vor dem Anführer angekommen. Den Blick, verborgen im Schatten der Kapuze, fest nach vorne gerichtet, taten sie es den Männern gleich und hoben die Fäuste. Da waren sie: die Amulette, von denen alles abhing! Zum Greifen nah ruhten sie in der prunkvollen Schatulle.

Instinktiv hielten George und Julian die Luft an. Jetzt! Jetzt musste es passieren.

Auni und Dick fuchtelten indes nervös an einem der Vans herum, in den sie sich geschlichen hatten.

»Na komm schon!«, bettelte Dick, als Auni eine CD im Player versenkte.

Und in diesem Moment dröhnte in einer ohrenbetäubenden Lautstärke Mozarts *Zauberflöte* durch das Tal!

Die Zeremonie war im nächsten Augenblick aufgelöst. Keiner stand mehr an seinem Platz, keiner verharrte in Ehrfurcht, keiner murmelte ein monotones Gebet.

Nein, alle blickten verstört durch die Gegend, dass der Anblick eine wahre Freude für die Kinder war.

Auni freute sich diebisch. Als er und Dick zu Anne geflitzt kamen, hielt er seine Hand hoch, und Dick schlug ein.

»Ha«, rief Auni.

Doch der Coup war noch nicht gelungen.

Gebannt beobachteten Auni, Dick und Anne von ihrem Lauerposten aus, wie sich George und Julian gerade wieder unter die Männer mischten. Offenbar war es George tatsächlich gelungen, in dem Moment der Verwirrung, in dem die Aufmerksamkeit der Männer durch die laute Musik abgelenkt worden war, die Amulette aus dem Schatzkästchen zu schnappen.

Anne ballte die Fäuste und drückte die Daumen, so fest sie konnte. »Hauptsache, sie schaffen es jetzt auch noch, zu entwischen!«, flehte sie leise.

Doch mit einem Mal erhob sich die Stimme des Anführers über das allgemeine Gezeter und die Bewegungen der Männer waren augenblicklich wie eingefroren.

Jetzt traute sich niemand mehr, ein Wort zu sagen.

»Wer erlaubt es sich, uns zu stören?«, dröhnte die Stimme des Anführers über die Köpfe der Männer hinweg. »Macht sofort die Musik aus!«

Julian und George traten instinktiv einen Schritt zurück und reihten sich weiter hinten in die Gruppe ein, denn in diesem Augenblick drehte sich der Mann um und entdeckte die leere Schatulle.

Die Luft geriet regelrecht in Schwingung, als er aufbrauste wie ein detonierender Vulkan. »Was zum Teufel! Jemand hat die Amulette gestohlen!«

Aufgeregt murmelnd sahen die Männer sich um. Wer konnte es wagen?

Julian und George verbargen ihre Gesichter tiefer in den Kapuzen und taten entrüstet.

»Alles stehen bleiben!« Die Stimme des Anführers fegte wie die Schneide eines Schwertes über ihre Köpfe hinweg. »Keiner bewegt sich von der Stelle!«

Niemand wagte es, sich zu bewegen. Alle standen wie versteinert da.

Nun begann der Anführer wie ein Feldwebel im

Stechschritt vor den Männer auf und ab zu laufen. »Nehmt die Kapuzen ab. Los! Sofort!«, kommandierte er.

Das war's, dachte Julian. Jetzt kriegen die uns.

Er bekam weiche Knie und wagte es nicht, zu George hinüberzuspähen, aber er spürte, dass auch sie große Angst hatte.

Ein Mann nach dem anderen schob sich mit der Hand den schwarzen Stoff vom Kopf. Alle hielten dem Blick des Anführers stand. Schließlich kamen auch George und Julian an die Reihe.

Wie in Zeitlupe hoben sie die Hand, um den Moment so lange wie möglich hinauszuzögern. Jetzt war der Augenblick gekommen, in dem sich dringend ein Ausweg auftun musste.

»Was ist mit euch?«, knurrte der Anführer ungeduldig. »Los!«

Aber Julian und George dachten gar nicht daran, die Kapuzen abzunehmen. Das Einzige, was sie jetzt versuchen konnten, war die Flucht.

Ein kurzes Nicken, dann stürzten sie sich gemeinsam auf den Anführer, warfen ihn zu Boden und flüchteten, so schnell die Füße sie trugen und die Kutten es zuließen. Diese lästigen Dinger schlackerten ihnen nur so um die Beine.

Plötzlich ließ ein Schuss die Luft erzittern.

Erschrocken blieben George und Julian stehen. Es wäre ja auch zu schön gewesen, dachte Julian, und war gleichzeitig froh darüber, dass es sich nur um einen Warnschuss gehandelt hatte.

Der Mann mit der roten Kutte hatte sich wieder aufgerappelt und kam nun mit gezückter Waffe auf Julian und George zu. Langsam schoben sie sich die Kapuzen aus der Stirn.

»Was für eine schöne Überraschung!«, rief er mit gespielter Freude aus, als er in ihre Gesichter schaute. »Wo habt ihr denn die anderen gelassen, hm?« Er hob die Waffe in die Luft und rief: »Kommt raus!«

Dick, Anne und Auni wussten nicht, was sie tun sollten.

Doch dann richtete der Mann mit der roten Kutte die Waffe auf Julian und George und brüllte: »Wird's bald? Oder soll ich…«

»Nein!«, schrie Anne und kam gefolgt von Auni, Dick und Timmy mit erhobenen Händen aus ihrem Versteck. Was hatten sie sonst auch für eine Wahl?

Sofort waren Männer zur Stelle, packten sie und zerrten sie unsanft hinüber zu Julian und George. Da standen sie also diesem Typen mit der roten Kutte gegenüber, der George nun die begehrten Amulette wieder abnahm und in seiner Hand hielt. Konnte es noch schlimmer kommen?

»Familie Kirrin und der kleine nichtsnutzige Taschendieb«, sagte er und schüttelte den Kopf. »Scheint nicht so einfach, euch loszuwerden. Was soll's. Dann also: herzlich willkommen zu unserer – wie soll ich sagen –

kleinen Party! Schade, dass euer Vater nicht hier sein kann. Ihm hätte das sicher gut gefallen.«

Und während er dies sagte, hatten die Männer den Kindern schon die Hände gefesselt, und George beobachtete mit Sorge, dass sie Timmy eine Schlaufe um den Hals legten.

»Tja, leider musste euer Vater ja seine Nase in Dinge stecken, die ihn nichts angehen«, fuhr der Anführer fort. »Uns blieb nichts anderes übrig, als ihm den Diebstahl der Amulette in die Schuhe zu schieben.«

Julian spürte Zorn in sich hochsteigen und versuchte sich loszureißen. »Wer sind Sie?«, bellte er.

Als er antwortete, säuselte der Mann wieder. »Wer ich bin, wollt ihr wissen? Tja, jetzt kann ich es euch ja eigentlich verraten. Ihr werdet das eh niemandem mehr sagen können.«

Die Freunde wurden von Panik gepackt. Was sollte das heißen?

In diesem Moment zog sich der Anführer mit einer lässigen Handbewegung das schwarze Tuch herunter und schob die Kapuze vom Kopf. Der Schatten schwand von seinem Gesicht.

»Farouk!« Anne traute ihren Augen nicht.

»Das ist eine Überraschung, nicht wahr?«, erwiderte der Museumsleiter.

Dick hätte vor Wut platzen können. Er ruckelte an seiner Fessel und brüllte: »Sie mieser Verbrecher!«

Farouk beugte sich zu ihm hinunter und fixierte seine

Augen mit stierem Blick. »Mies? Ich würde sagen: genial! In Tutaluns Grab warten seit ein paar Jahrtausenden unermessliche Schätze darauf, von mir entdeckt zu werden.« Er richtete sich wieder auf, streckte seinen Rücken durch und sah abschätzig auf die Kinder hinab. »Aber genug der Worte! Yalla!«

Er schnippte mit den Fingern, woraufhin Auni und die Freunde gepackt und abseits des Sockels in Schach gehalten wurden.

»Au!«, stöhnte Anne unter dem Griff des Mannes, der seine Finger wie Schraubstöcke in ihre Arme grub, aber er gab nicht nach.

Die Freunde konnten ihren Blick nicht von Farouk abwenden, der nun mit feierlicher Miene wieder auf den Altar zulief, die Amulette in die Höhe hielt und sie dann eines nach dem anderen in Vertiefungen steckte, die sich auf der Oberfläche der Steinplatte befanden. Was jetzt kam, kannten sie bereits. Der Anführer sprach die Worte »Atai ham kawan« und die Männer erwiderten: »Die Jäger des Stiers.« Er sprach mit monotoner Stimme weiter: »Tolang kumanda.« Und sogleich folgte der Chor der Männer: »Gegründet um zu finden.«

Bei diesen letzten Worten setzte Farouk das letzte der drei Amulette ein und wich ehrfürchtig einige Schritte zurück.

Eine gespenstische Stille legte sich über die Wüste.

Was geschah jetzt? Dick versuchte zu schlucken, aber seine Kehle war vor Aufregung wie ausgetrocknet.

Und plötzlich, als käme es tief aus dem Inneren des Erdballs, ertönte ein mächtiges und finsteres Grollen. Der Wüstenboden erbebte, und alle blickten instinktiv nach unten vor Sorge, ein tiefer Abgrund könnte sich unter ihnen auftun. Sand wirbelte auf und wehte ihnen ins Gesicht.

In diesem Moment riss Farouk die Arme in die Höhe und richtete den Blick zum Firmament. Wie im Wahn schrie er fremde Worte in den Himmel, als hätte er nun endgültig den Verstand verloren.

Hätten die Freunde nicht so furchtbare Angst gehabt, sie hätten sich über ihn lustig gemacht. So aber starrten sie ihn einfach nur an.

Dann kehrte Ruhe ein, und als sich der aufgewirbelte Sand langsam setzte, gab er den Blick auf eine Treppe frei, die zuvor unter der Steinplatte verborgen gewesen war. Wie ein gieriger Schlund klaffte das dunkle Loch, das hinunterführte zur Grabkammer des ersten Pharao!

Die Männer begannen zu jubeln und reckten die Arme in die Höhe. Farouk drehte sich zu den Kindern um, klatschte in die Hände und sagte:»Kommt, seid meine Gäste!«

Unsanft stießen seine Mannen die Freunde vor sich her zum Eingang in die Unterwelt.

# Kapitel 11

Anne musste an alles Mögliche denken, als sie die steile Treppe hinunterstieg, an gemeine Fallen und ekelige Krabbeltiere, an vergammelte Mumien und daran, dass sie furchtbare Angst hatte.

Die unermesslichen Schätze, die dort unten angeblich darauf warteten, gehoben zu werden, waren ihr vollkommen egal.

Farouk lief dicht vor den Kindern her. Am Ende der Treppe empfingen sie lange, schmale Gänge mit meterhohen Wänden, die vom unruhigen Licht der Fackeln nur spärlich beleuchtet wurden.

Alle paar Meter stand in einer Nische eine Wächterfigur, die die Freunde mit unheimlichem Blick anstarrte. Farouks Männer entfachten Öllampen, die auf dem Boden standen.

Keiner wagte es, etwas zu sagen. Anne klammerte sich an Julians Arm. Selbst er zitterte.

»Stopp, stopp, stopp!«, rief plötzlich der Museumsleiter und blieb vor einer Maueröffnung stehen. Diese
gab den Blick auf eine kreisrunde Kammer frei. Er ins-
pizierte den Raum und sagte dann:»Tja, Kinder, leider
trennen sich hier nun unsere Wege.«

Farouk schnippte mit den Fingern, woraufhin einer
der Vermummten vortrat, um seine Anweisungen ent-
gegenzunehmen.

Farouk drehte sich zu den Kindern um.»Dort drinnen wartet auf euch eine kleine, leider nicht sehr erfreu-
liche Überraschung. In diesem Sinne: Mai alslama!« Mit
einer verlogenen Geste verbeugte er sich. Dann über-
gab er dem Wächter seine Waffe und verschwand mit
drei Gefolgsleuten in einem der Gänge.

Kaum waren die Männer aus ihrem Sichtfeld verschwunden, da schlüpfte Auni in eine seiner berühm-
ten Rollen.»Hören Sie! Meine Eltern sind sehr reich.
Ich kann Ihnen Geld geben. Viel Geld!« Und auch
wenn er alle Register zog, überzeugend klang das
nicht.

So wunderte es auch niemanden, dass ihr Bewacher
sich in keiner Weise davon beeindrucken ließ. Mit der
Waffe machte er den Kindern ein Zeichen, sich in Bewegung zu setzen, und dirigierte sie zum Eingang der
kreisrunden Kammer.

Schon an der Außenwand fiel Dick die Konstruk-
tion aus Zahnrädern und Hebeln auf. Er versuchte zu
durchschauen, was es damit auf sich haben könnte, ver-

stand aber die Funktion nicht sofort. Erst als sie die Kammer betreten hatten, wurde es ihm klar. »Verdammt! Wir sind in einer Art... Saftpresse«, sagte er.

Jetzt sitzen wir in der Falle, dachte George, während ihr Gehirn auf Hochtouren arbeitete. Wenn jetzt kein Wunder geschah, waren sie verloren.

Aber manchmal geschahen ja auch Wunder.

Ihr Bewacher hob plötzlich die Stimme und befahl ihnen zu schreien.

»Was?«, fragte Dick ungläubig. »Wir sollen was?«

»Ihr sollt schreien«, widerholte der Wächter. »Die sollen denken, dass ihr zerquetscht werdet. Und dann haut ab!«

Das war der Augenblick, in dem Julian seine Augen zu Schlitzen schloss und mit scharfem Blick das Armband fixierte, das der Wächter an seinem Handgelenk trug. Und diese Stimme! Die kam ihm verdammt bekannt vor! »Hey, das ist doch...«, stammelte er. »Das Armband kenne ich doch!«

Erst zögerte der Wächter, dann nahm er langsam die Kapuze ab.

Dick fiel die Kinnlade runter. »Elena?«

Anne holte einmal tief Luft, obwohl es hier drinnen stickig war und sie diese ekelige Luft am liebsten überhaupt nicht einatmen wollte. »Du steckst mit denen unter einer Decke?«, fragte sie ungläubig.

»Kutte«, verbesserte Auni sie. »Unter einer Kutte.«

Aber Anne wischte seine Worte mit einer genervten Kopfbewegung fort.

»Ich…«, setzte Elena zu einer Erklärung an. »Ich…«

Aber Julian fiel ihr ins Wort. »Jetzt wird mir einiges klar.«

Sofort kam den Freunden in den Sinn, wie ihr Vater im Museum vorgeschlagen hatte, noch etwas essen zu gehen, und wie Elena dankend abgelehnt hatte, weil angeblich noch Arbeit im Büro auf sie wartete. Sie erinnerten sich an die Gestalt in der Kutte und wie sie sich über die Mumie beugte und hektisch in deren Mundhöhle suchte.

»Du hattest dir also die Kutte übergezogen und…«, stellte Dick traurig fest.

»Und an der Mumie herumgeschnitten«, fuhr Julian fort. Sie waren so enttäuscht. Nie hätten sie gedacht, dass Elena Teil der Verschwörung war!

»Doch wir sind dir in die Quere gekommen«, erinnerte Anne. Sie dachte an den Moment, in dem die vermummte Gestalt durch den Notausgang entkommen war.

Die Freunde sahen Elena voller Verachtung an. Dick trat einen Schritt vor. Noch ehe Elena etwas erklären konnte, blaffte er wütend: »Und im Institut haben du und Farouk dafür gesorgt, dass alle denken, unser Vater hätte die Amulette gestohlen!« Dick musste heftig schlucken. »Du hast tatenlos zugesehen, wie unser Vater von Farouk niedergeschlagen wurde. War es nicht so?«

Elena senkte beschämt den Blick. »Ich hatte keine andere Wahl«, sagte sie leise.

Dann sah sie die Kinder an. In ihren Augen glänzten Tränen.

»Deinetwegen sitzt er jetzt im Gefängnis!«, sagte Julian ihr ins Gesicht. »Es war ein abgekartetes Spiel zwischen euch beiden, zwischen Farouk und dir. Du hast Farouk noch mit dem Schlagstock eins über den Schädel gezogen, während unser Vater schon ohnmächtig auf dem Boden lag, damit der Überfall echt aussah, nicht wahr? Gib es ruhig zu!«

Elena schaute auf ihre Hände, als könne sie nicht glauben, dass sie tatsächlich damit den Schlagstock gehalten hatte.

»Wie konntest du das nur tun?«, jammerte Anne.

Jetzt ballte Elena auf einmal die Fäuste und sah die Kinder mit festem Blick an. »Farouk hat mich dazu gezwungen!« Sie schluckte heftig. Beinahe kippte ihre Stimme, als sie erklärte: »Die haben meinen Vater entführt!«

»Was?« George traute ihren Ohren nicht.

Auni spürte einen Stich in der Brust. »Ibrahim ist entführt worden? Oh nein!«

Plötzlich wurde Elena nervös. Hektisch sah sie sich um. »Also los. Schreit jetzt!«

Auni und die Freunde blickten sich unsicher an. Sollten sie das Spiel wirklich mitmachen? Konnten sie Elena vertrauen? Hatten sie sie tatsächlich zu Unrecht beschuldigt? Und hatten sie überhaupt eine andere Chance?

»Na los doch!«, flehte Elena.

Julian fasste sich als Erster ein Herz. Er hatte verstanden. »Ahhh! Nein! Hilfe!«, schrie er. Und sofort stimmten die anderen mit ein, bis ihr Rufen zu einem ohrenbetäubenden Gekreische anschwoll.

Welches jäh von einem lauten Klatschen unterbrochen wurde.

Augenblicklich verstummten die Freunde und erkannten entsetzt, dass Farouk in Begleitung dreier bewaffneter Männer in den Raum gekommen war. Der Anführer trug ein kleines Hündchen auf dem Arm, welches ängstlich zitterte.

»Schönes Schauspiel«, kommentierte Farouk die Szene mit spöttischer Miene. »Geradezu oscarreif.«

Einer der Männer hatte die Waffe auf Elena gerichtet. Diesem befahl er nun, der jungen Frau die Pistole abzunehmen.

»Elena, Elena«, sagte Farouk tadelnd. »Ich dachte wirklich, dass du schlauer bist. An meiner Seite hättest du die mächtigste Frau Ägyptens werden können.«

»Ich habe nur mitgespielt, damit mein Vater endlich freikommt«, sagte die junge Wissenschaftlerin mit tränenerstickter Stimme.

Farouk schüttelte den Kopf. »Schade, schade. Was deinen Vater angeht: Ich will kein Unmensch sein. Euer letztes Stündlein dürft ihr zusammen verbringen.«

Oh, wie gnädig, dachte George. Gab es denn wirklich keine Möglichkeit, diesem Idioten das Handwerk zu legen?

»Los, hol mir den Alten«, befahl Farouk einem seiner Begleiter.

Und dann wies er einen weiteren an, etwas zu tun, das den Freunden das Blut in den Adern gefrieren ließ. »Und du, schnapp dir den Hund!«

»Nein!«, schrie George entsetzt, als sie mit ansehen musste, wie einer der Männer Timmy am Strick packte und mit sich zog. »Was soll das?«

Timmy bellte und wehrte sich, aber die Männer kannten keine Gnade.

Farouk baute sich vor George auf, die vergeblich an ihren Fesseln zerrte. »Heute ist auch Timmys großer Tag«, erklärte der Mann mit einem süffisanten Grinsen im Gesicht. »Eigentlich wollte ich meine kleine Trixi Uräus opfern. Aber ich dachte mir, dass euer Köter sich dafür vielleicht besser eignet.« Er stieß ein diabolisches Lachen aus, das den Kindern eine Gänsehaut den Rücken hinunterjagte. »Ich wünsche euch noch einen angenehmen Tag. Wir gehen jetzt grillen.«

George ruckelte verzweifelt stärker an den Fesseln, doch die schnitten ihr nur noch fester ins Fleisch. Tränen liefen ihr über das Gesicht. »Nein! Das können Sie nicht machen!«

Aber Farouk und die Männer verließen die Kammer. Und mit ihnen Timmy.

Weitere Wächter waren schon zur Stelle und banden Auni und die Freunde an Metallringen fest, die in den Boden eingelassen waren. Da konnten sie ziehen und zerren, wie sie wollten, es gab kein Entkommen! Auni und George waren an einen Ring gefesselt, und ihnen gegenüber ließen Anne und Dick an einen anderen gebunden die Köpfe hängen. Julian hatten sie an einem dritten Ring festgezurrt. Als Letzte banden die Männer Elena fest.

Georges Gedanken waren bei Timmy. Was hatten diese Scheusale mit ihrem treuen Begleiter vor? Sie wusste nur eins, er war in allerhöchster Lebensgefahr!

»Wer ist dieser Uräus?«, fragte sie mit erstickter Stimme. »Warum wollen sie Timmy opfern?«

Natürlich kannte Dick die Antwort. Und diesmal waren die Freunde dankbar für sein Wissen. »Uräus ist eine Kobra. Eine Art Schutzsymbol, ›die Herrin der Flamme‹. Die Ägypter glaubten daran, dass diese Schlange mit dem Gluthauch ihres Feueratems die ›Mächte der Finsternis‹ vernichtet. Tutalun wollte damit verhindern, dass sein Grab geplündert wird.«

Ein dicker Kloß bildete sich in Georges Hals, sodass sie kaum schlucken konnte. Ihr geliebter Timmy! Und sie saß hier und konnte nichts tun!

Auch den anderen standen Entsetzen und Verzweiflung ins Gesicht geschrieben.

Plötzlich öffnete sich mit einem unangenehmen

Quietschen die Tür zur Kammer, und Ibrahim, gebeugt, erschöpft und ausgemergelt, wurde hereingebracht. Er schien sich kaum auf den Füßen halten zu können.

»Papa!« Es war eine Qual für Elena, nicht aufspringen zu können, um ihren Vater zu stützen.

»Ya habibi«, sagte der alte Mann mit schwacher Stimme. »Es tut mir so leid.«

»Was habt ihr mit ihm gemacht?« Zornig spuckte Elena die Wörter aus. Doch sie bekam keine Antwort.

Anne stiegen Tränen in die Augen. Was für ein trauriges Wiedersehen! Es gab keine Hoffnung.

Bei den Wachleuten war von Rührung nichts zu spüren. Und dann wurde Elenas Vater auch schon brutal zu Boden gedrückt und neben seiner Tochter an den Ring gefesselt. Die Männer verließen die Kammer, ohne sich noch einmal umzusehen. Die Zeremonie wartete auf sie!

Ibrahim hob langsam den Kopf. Voller Erstaunen erkannten seine glasigen Augen Auni. »Aber mein Junge, was machst du denn hier?«

Auni zog den Mund schief. »Sieht nicht nach Urlaub aus, ich weiß.«

Ibrahim versuchte über die Schulter Elena anzusehen. »Und wer sind die anderen Kinder?«

Elena war tief beschämt. Sie war sich ihrer Verantwortung bewusst. Wie sehr wünschte sie sich in diesem Moment, sie könnte das alles ungeschehen machen! Mit dünner Stimme sagte sie: »Das sind … ich …«

Doch George, Julian, Dick und Anne kamen ihr zu Hilfe. Sie alle rangen sich trotz der aussichtslosen Situation ein Lächeln ab. »Wir gehören zusammen«, erklärte Anne. Nur Auni machte eine entschlossene Miene. »Genau. Und wir werden diesen Affen in den Hintern treten!« Julian warf ihm einen mitleidvollen Blick zu und zerrte an seinen Fesseln. Aunis Enthusiasmus in allen Ehren. »Aber dafür müssen wir hier rauskommen.« Das war der Moment, in dem sie ein seltsames Geräusch vernahmen. Es knirschte leicht und hörte sich an, als reibe Stein an Stein. Dann bemerkten sie das Rieseln! Feines Steinmehl schwebte auf sie herab. Ein unheilvoller Bote für das, was nun geschah! Die Decke senkte sich unaufhaltsam auf sie hinab. In ihrer Mitte blickte ihnen eine steinerne Fratze entgegen. Schon bald würden sie zwischen ihr und dem Boden zermalmt werden, wie ein Käfer unter der Schuhsohle. Die Freunde ruckelten und zerrten an ihren Fesseln. Da bewegte sich nichts!

»Nein!«, kreischte Anne. Denn in diesem Augenblick kroch zu allem Überfluss auch noch eine schwarz glänzende Schlange aus einem Mauerspalt. »Die ist doch bitte nicht giftig, oder?«

Diesmal brauchte Dick nichts zu sagen. Sein Gesichtsausdruck verriet es ihnen. Das Reptil gehörte sehr wohl zu den giftigen seiner Art.

»Pft!«, machte George. »Ist jetzt eigentlich auch

schon egal, ob wir an einem Schlangenbiss sterben oder zerquetscht werden. Vielleicht ist das mit dem Biss noch die weniger unangenehme Art.«

Julian warf ihr einen vorwurfsvollen Blick zu. Jetzt war nicht die Zeit für Galgenhumor.

Von Weitem war nun Timmys Bellen zu hören.

»Timmy!« George versagte beinahe die Stimme, als sie seinen Namen rief. »Timmy!«

Plötzlich sackte die Decke mit einem Ruck ein Stück tiefer. Ein panisches Kreischen erfüllte die Kammer.

Nach diesem Schreckmoment bewegte sich die Steinplatte wieder gleichmäßig, senkte sich aber weiter unaufhaltsam auf sie hinab.

 Kapitel 12

Anne biss die Zähne zusammen. Ihre Handgelenke waren schon ganz wundgescheuert. Jede Bewegung brannte wie Feuer. Aber sie konnten doch hier nicht einfach so dasitzen und tatenlos zusehen, wie sich die schwere Steindecke immer weiter auf sie herabsenkte!

»Wir brauchen irgendetwas Scharfes«, stöhnte Dick. »Uns bleibt nicht mehr viel Zeit.«

»Super«, sagte Anne. »Was Scharfes. Wo sollen wir hier was Scharfes auftreiben? Ich sehe nichts Scharfes.« Anne versuchte ihre Augen zu überlisten, indem sie sie etwas zusammenkniff und blinzelte.

Als George das bemerkte, hatte sie plötzlich eine Idee. »Moment mal! Anne, deine Brille! Wo ist deine Brille?«

Dick und Julian hatten sofort verstanden, worauf George hinauswollte. »Ja«, riefen sie. »Anne, wo ist deine Brille?«

Nur Anne begriff nicht, was ihre Brille mit ihrer misslichen Lage zu tun haben sollte, oder die Tatsache, dass sie unscharf sah.

»Überleg mal«, sagte nun Dick. »Mit einem zerbrochenen Brillenglas können wir die Fesseln durchschneiden.«

»Aber die ist in meiner Tasche«, jammerte Anne. »Wie soll ich da drankommen?«

Doch George hatte schon begonnen, sich den Schuh und den Strumpf von einem Fuß zu streifen. Es war schwierig, aber es gelang ihr. »Ich komme dran«, flüsterte sie.

George presste die Lippen aufeinander und konzentrierte sich. Sie streckte den Fuß aus, und als Anne sich leicht vorbeugte, kam sie mit den Zehen an die Tasche. Geschickt spreizte sie die Zehen und krümmte sie dann wieder zusammen. Die Brille klemmte dazwischen!

»Bravo!«, rief Julian begeistert, als er auch schon vor Schreck erstarrte.

Über Georges ausgestrecktes Bein kroch auf einmal die Schlange! Vor lauter Konzentration hatten sie das giftige Tier völlig außer Acht gelassen!

»Bleib ganz ruhig, George«, flüsterte Julian. »Bloß keine hastige Bewegung.«

»Danke für die Tipp«, stöhnte George. Sie hatte Sorge, einen Krampf im Bein zu bekommen, und versuchte möglichst gleichmäßig zu atmen. Diesem Tier schien es auf ihrem Bein zu gefallen. Es bewegte sich im Zeitlupentempo.

Anne schnürte die Angst beinahe die Kehle zu. Die Schlange zischte und aus ihrem geöffneten Mund schoss eine gespaltene feuerrote Zunge hervor. Anne schauderte es dermaßen, dass sie am ganzen Leib zu zittern begann. Langsam ließ sich das Tier von Georges Bein hinabgleiten und schlängelte sich auf dem staubigen Boden.

Kaum dass die Schlange unten war, warf George die Brille mit dem Fuß geschickt in Julians Richtung. Julian streckte die Hand danach aus, so weit die Fessel es zuließ.

»Mist!«, fluchte er. Es fehlten kaum zwei Zentimeter. »Mist, Mist, Mist!«

»Julian, Vorsicht!«, rief Auni. »Die Schlange!«

Über die Schulter sah Julian das Tier auf seine Hand zukriechen. Noch einmal holte er tief Luft und biss die Zähne fest zusammen, denn der Strick schnitt scharf in seine Haut. Er stöhnte laut. Mit letzter Anstrengung stemmte er sich gegen die Fessel.

Eine Sekunde bevor die Schlange seine Hand erwischt hätte, bekam er die Brille zu fassen.

Die Schlange wich zurück.

Alle atmeten hörbar auf.

»Sehr gut«, flüsterte Auni. »Sehr gut!«

Zum Glück wussten die Kinder nicht, was derweil in der Grabkammer vor sich ging, in der die Zeremonie ihren Lauf nahm. Ihre Sorge um Timmy hätte sie sonst um den Verstand gebracht und sie hätten sicher kaum noch klar denken können.

Große steinerne Skulpturen, die zwischen den Säulen standen, auf denen die Decke der zweigeteilten Grabkammer ruhte, wurden stumme Zeugen, wie Farouk zu seinen Gefolgsleuten sprach.

Die Wände, die von unzähligen, kunstvoll gemalten Hieroglyphen geschmückt waren, wurden von den kleinen Feuern in den Flammschalen in ein warmes, aber unruhiges Licht getaucht. Einige Stufen führten in den Bereich hinauf, in dem der reich verzierte Sarkophag des Pharao Tutalun aufgebahrt stand. Sein mumifizierter Leichnam war umgeben von wertvollen Schätzen, die überall auf dem Boden aufgetürmt lagen. Goldene Teller und Kelche glänzten im Schein der Flammen, Edelsteine funkelten wie Sterne am Nachthimmel, unzählige Münzen glitzerten, als seien sie von Diamantstaub bedeckt. Farouk starrte auf die Schätze. Nur schwer konnte er sich von ihrem Anblick lösen.

»Meine Brüder! Der Moment ist gekommen«, verkündete Farouk schließlich mit feierlicher Stimme. Er trat an einen Schacht heran, der sich vor den Stufen befand. »Die Legende sagt, dass in diesem unterirdischen Verlies Uräus wohnt und über die unermesslichen Schätze wacht.«

Die Männer verbeugten sich. Ein Knistern lag in der Luft. Heute würde sich ihre Mission erfüllen.

140

Dann sprach er die Worte, die Timmys Schicksal besiegeln sollten:»Unser kleiner Freund hier wird Uräus in Schach halten, während wir uns das holen, was uns zusteht!«

Timmy, der sich nicht so einfach in sein Schicksal fügen wollte, bellte Farouk böse an. Doch Farouk grinste hämisch.»Gleich hat sich's ausgebellt.« Und mit diesen Worten gab er einem der Männer das Zeichen, Timmy in den Käfig zu sperren, der über dem Schacht bereit hing. Der Käfig wurde in die Höhe gezogen, und Farouk trat heran und ließ eine Fackel in das dunkle Loch fallen. Lodernde Flammen züngelten zu ihnen aus den Tiefen von Uräus' Reich herauf und leckten nach dem Käfig. Das Seil, an dem der Käfig hing, führte über die Winde an die Seite des Schachtes zu einem im Boden befestigten Ring.

Begleitet von den dumpfen und monotonen »U-rä-us, U-rä-us, U-rä-us!«-Gesängen der Männer wurde auf Farouks Kommando eine weitere Fackel entzündet, die sich unter dem Seil befand. Die Flammen begannen, an den Fasern zu fressen.

Timmy war in allerhöchster Lebensgefahr!

Die Sache mit dem Brillenglas hatte Julian sich leichter vorgestellt. Während Elena mit aufmunternden Worten versuchte, ihren Vater aufzubauen, dessen Kräfte immer weiter schwanden und der unter Schmerzen stöhnte, mühte sich Julian mit der Brille ab. Mit gefesselten Händen war es ein immens schwieriges Unterfangen, eins der Gläser aus der Fassung zu drücken. Vor allem wenn man nicht sehen konnte, was man tat! Julian brauchte mehrere Versuche, bis ein leises Knacken ihm verriet, dass er es geschafft hatte. Nur jetzt das Glas nicht fallen lassen!

»Pass auf, dass du dich nicht schneidest!«, mahnte Dick, als sein Bruder nun an dem Glas herumdrückte und -quetschte, um es zu zerbrechen. Es kam ihnen wie eine halbe Ewigkeit vor und die Decke senkte sich weiter auf sie herab.

Nur die Ruhe bewahren, sagte sich Julian. Salzige Schweißtropfen liefen ihm über die Stirn und brannten in den Augen. Endlich! Julian hielt die Scherbe in der Hand!

Was nun? Mit größter Mühe schaffte er es, die Scherbe mit der scharfen Kante in Richtung der Fessel zu drehen. Aber er konnte nicht sehen, wie er sie ansetzen musste. Schon spürte er die Decke nah über dem Kopf. Sogar der Schlange wurde es jetzt zu eng. Sie nahm Reißaus und verschwand in einem Felsspalt.

Wie sollte er nur die richtige Stelle finden?

»Ich will echt nicht hetzen«, jammerte Anne. »Aber könntest du vielleicht ein bisschen schneller machen?«

»Ich hätte auch nichts dagegen«, sagte Dick. Und auch ihm fiel es hörbar schwer, mit fester Stimme zu sprechen.

»Ich will nicht sterben!«, weinte Auni.

Elena bemerkte mit Sorge, wie ihr Vater immer weiter in sich zusammensank. »Alles wird gut, Papa«, flüsterte sie. »Wir kommen hier gleich raus.«

»Ich mach ja, so schnell ich kann«, versicherte Julian. Nur jetzt keinen Krampf kriegen, sagte er zu sich selbst wie ein Mantra, während er spürte, dass bereits einige Windungen des Hanfseils durchtrennt waren. Das gab ihm Mut!

»Cool bleiben, Junge, immer schön cool bleiben«, redete Dick ihm gut zu, wobei seine Stimme alles andere als cool klang.

Tapfer schnitt Julian weiter … und plötzlich löste sich die Fessel!

Sofort sprang er auf und kroch so schnell er konnte auf den Eingang der Kammer zu.

Annes angsterfüllte Stimme drang an sein Ohr: »Schnell, Julian.«

»Das wird verdammt eng!«, brüllte Dick.

Inzwischen mussten sie alle die Köpfe einziehen, sich klein machen … und hoffen. Die Panik stand ihnen ins Gesicht geschrieben.

Geschmeidig wie eine Katze schlüpfte Julian aus der schmalen Öffnung, die noch geblieben war. Die Zahnräder, von denen das Leben der Freunde abhing, griffen gnadenlos ineinander. Sie galt es zu stoppen. Und zwar schnell!

Julian fackelte nicht lang und warf sich mit seinem gesamten Körpergewicht gegen eine der Statuen, die ihn als Wächter dieses bösen Spiels mit leeren Augen anstarrten. Die steinerne Nase rollte ihm direkt vor die Füße!

Entschlossen packte er die Nase und presste sie zwischen die Zahnräder. Er hoffte inständig, dass diese nicht so viel Kraft hatten, den Stein zwischen sich zu zermahlen.

»Bitte, bitte!«, flehte Julian. Das Herz schlug ihm bis zum Hals. Es knirschte gefährlich, die Spannung ließ die Holzräder laut knarzen. Dann blieben sie stehen!

»Yeah!«, hörte Julian Aunis Stimme aus dem Innern der Kammer. »Du hast es geschafft!«

»Verdammt, war das knapp!«, rief Dick.

Julian traute dem Braten nicht wirklich. Sie mussten sich beeilen und die Gefahrenzone sofort verlassen. Schnell schlüpfte er wieder hinein und befreite zuerst Anne. Sie zitterte am ganzen Leib.

»Alles klar, Anne?«, fragte Julian und schob sie sanft, aber bestimmt aus ihrer Schockstarre Richtung Ausgang. »Alles gut! Jetzt nichts wie raus hier!«

Julian knotete eine Fessel nach der anderen auf.

»Super, Julian, gut gemacht!« George schlug ihm kameradschaftlich auf die Schulter und half dann Dick.

Elena und Auni mussten Ibrahim stützen. Gemeinsam hievten sie den alten Mann durch die Luke aus der Kammer. Alle hofften, dass er diese Strapazen über-

Rettung naht: Timmy, der Hund, auf schnellen Pfoten

Timmy fühlt sich in Ägypten sichtlich wohl.

Dick geht in Deckung.

Was hat es mit dem goldenen Amulett und dem mysteriösen Geheimbund auf sich?

Was haben die Fünf Freunde in der Grabkammer entdeckt?

Anne, Auni und George in der Grabkammer des Pharaos.

Was führt der ominöse Geheimbund im Schilde?

# Hinter den Kulissen: Am Set der Fünf Freunde

Actionreiche Dreharbeiten über den Dächern von Tunis.

Kult-Designer Harald Glööckler bei den Dreharbeiten in München.

Nicht immer machen die Kamele das, was man von
ihnen will.

Das Filmset in den tunesischen Sanddünen rund um
die Wüstenstadt Tozeur.

Bei den Dreharbeiten in Tunesien

Dreharbeiten mit vielen Komparsen

Die Szenen im Gerichtssaal wurden in der Hochschule für Musik in München gedreht.

Verfolgungsjagd live: Die Crew im Einsatz

stehen würde, denn inzwischen war er kaum noch ansprechbar. Doch niemand traute sich, es auszusprechen.

Endlich waren sie alle entkommen.

Die Freunde rieben sich die wunden Handgelenke. Mit schmerzverzerrtem Gesicht betrachtete Anne die tiefen roten Striemen. Eine heilende Salbe wäre jetzt nicht schlecht. Aber noch war es nicht Zeit, auszuruhen und Wunden zu lecken. Das angsterfüllte Winseln von Timmy hallte durch die Gänge!

»Hört zu«, sagte George aufgeregt. »Holt ihr euch die Amulette! Ich rette Timmy!«

Aber Anne schüttelte entschieden den Kopf. »Vergiss es, George!«

George verstand nicht recht und sah Anne fragend an. Die tauschte ein Lächeln mit ihren Brüdern.

»Wir retten Timmy«, erklärte Dick.

Erleichtert atmete George auf. »Okay, worauf warten wir noch.«

Als sie losliefen, drehte Auni sich zu Elena um. »Elena, bring deinen Vater ins Krankenhaus!«

Elena nickte zustimmend. Natürlich würde sie das tun. »Ich danke euch!«, rief sie ihnen nach. »Viel Glück!«

»Wir sehen uns in Kairo!«, rief Auni. Dann rannte er den Freunden hinterher.

Sie eilten den Gang hinunter. Immer Timmys Winseln nach. Dann hörten sie auch schon die unheilvolle

Stimme Farouks. »Uräus, verschone uns! Dein Element, das Feuer, soll unser Opfer zu dir bringen.«

Es war eine Qual für George, nicht gleich losspurten zu können, um Timmy zu Hilfe zu eilen, sondern besonnen heranzuschleichen. Der Gang wurde vom Licht der Fackeln in ein unheimliches Licht getaucht, in dem die Hieroglyphen an den Wänden ihre Botschaften verkündeten. Die Freunde wussten nicht, ob sie staunen oder sich fürchten sollten. Aber ihnen war klar: Sie mussten Timmy retten!

Dick blieb plötzlich stehen, legte sich den Finger an die Lippen und zeigte nach vorn.

Da stand einer von Farouks Gefolgsleuten!

Julian hatte vorgesorgt. Er hatte den abgebrochenen Arm der Statue gepackt, die er vorhin umgeworfen hatte, und präsentierte diesen Dick. Der hob den Daumen.

Dick räusperte sich leise. Wie erhofft, drehte sich der Kapuzenmann zu ihm um und bekam im selben Augenblick von hinten einen Schlag mit dem steinernen Arm versetzt. Ohnmächtig sank er zu Boden.

Plötzlich hörten sie ein Geräusch hinter sich. Erschrocken fuhren die Freunde herum.

»Auni!«, zischte Dick. »Musst du dich so anschleichen?«

Auni zeigte auf den Mann am Boden und zuckte die Schultern. »Hätte ich selbst nicht besser hingekriegt«, stellte er mit einem schelmischen Grinsen fest.

Auf einmal wurden die dumpfen und monotonen Gesänge der Männer lauter. Die Opferungszeremonie war in vollem Gange! Sie hatten keine Zeit zu verlieren!

Julian hob die Hand. »Los, da lang!«, kommandierte er.

# Kapitel 13

Als die Freunde und Auni den Eingang zur Grabkammer erreicht hatten, suchten sie Deckung hinter einem Mauervorsprung. Von hier aus konnten sie die Szene gut beobachten, und was sie sahen, versetzte ihnen einen Schock.

Timmy hing in einem Käfig über einer Grube, aus der Flammen emporzüngelten, und das Seil, an dem der Käfig befestigt war, drohte jeden Moment durch das Feuer einer Fackel zu zerreißen! Schon gab es einen Ruck, denn eine der Seilwindungen war bereits verschmort.

George wollte losstürzen, doch Julian hielt sie im letzten Moment zurück. »Erst müssen wir die Dreckskerle loswerden.«

George knetete die Hände. Denk nach, sagte sie zu sich selbst. Denk nach, denk verdammt noch mal nach!

»Na, dann los!«, kommandierte Farouk seine Leute,

die daraufhin Kisten herbeischleppten, in denen sie die Schätze abtransportieren sollten. Gierig stürzten sich die Männer auf ihre Beute.

»Schneller! Yalla!«, hallte Farouks Stimme von den Wänden wider.

Auch ihn durften sie nicht aus den Augen lassen. Jetzt war höchste Vorsicht geboten. Es durfte nichts schiefgehen!

Timmy winselte. Er rief um Hilfe!

»Oh mein Gott, Timmy!«, stöhnte George, als der Käfig erneut mit einem Ruck ein Stückchen sank. Eine weitere Seilwinde war gerissen!

»Los, macht schnell!«, herrschte Farouk derweil seine Männer an. »Verstaut alles in den Kisten. Und vergesst ja nichts!«

»Was machen wir nur?«, fragte Anne verzweifelt. Sie starrte auf das Seil, an dem die Hitze der Flamme gnadenlos weiterfraß.

Doch Dick konzentrierte sich auf etwas ganz anderes. Es hatte keinen Sinn, auf das Seil zu starren und dabei zuzusehen, wie es immer dünner wurde und den Käfig mit Timmy bald nicht mehr halten würde!

»Was hat Papa immer erzählt?«, sagte er mehr zu sich selbst und schlich ein Stück zur Seite. Dann warf er sich auf den Boden und schlängelte sich im Schutz der Steinstufen wie eine Schlange über den sandigen Boden.

Obwohl Julian nicht wusste, was Dick vorhatte, war

er seinem Bruder gefolgt. »Was machst du da?«, zischte er.

»Ich denke nach«, flüsterte Dick, während er mit der Hand über den Sand wischte. »Die Pharaonen haben Fallwände gebaut, um ihre Schätze vor Grabräubern zu schützen. Vielleicht verbirgt sich hier ein solcher Mechanismus.«

Julian sah, wie eifrig die Männer unter Farouks bellenden Kommandos damit beschäftigt waren, den Schatz zu bergen. Münzen und Gefäße, Schmuck und edle Waffen klirrten und klimperten, als die Räuber sie aus vollen Armen in die Kisten fallen ließen. So gefesselt waren sie von ihrer Gier, dass sie die Jungen nicht bemerkten.

Wir müssen es schaffen, die Männer außer Gefecht zu setzen, bevor Timmy in die Tiefe stürzt und vom Feuer verschlungen wird, dachte er. Timmys Leben hing an einem seidenen Faden und sein panisches Bellen wurde immer lauter.

»Maul halten, dummer Köter!«, keifte Farouk und wedelte mit den Armen in Richtung des Hundes. »Deine nichtsnutzigen Freunde können dir auch nicht mehr helfen.« Er klatschte in die Hände, während er wie von Sinnen rief: »Leider habe ich sie schon alle plattgemacht!«

»Halt durch, Timmy!«, wisperte George beinah tonlos. Ihr Herz trommelte wie wild.

Wie in einem Rausch schaufelten die Männer wei-

150

ter die Kostbarkeiten in die Kisten und stießen dabei ein ums andere Mal wohliges Stöhnen und Seufzen aus. Sie hatten nur Augen für das Funkeln und Glitzern in ihren Händen.

Endlich spürte Dick etwas unter seiner Hand. Mit vor Aufregung zitternden Fingern tastete er eine runde, in sich unterteilte Platte ab, die unter dem Sand verborgen gewesen war, und versuchte zu verstehen, wie der Mechanismus funktionierte. Er mahnte sich zur Ruhe, obwohl Timmys verzweifeltes Bellen ihm sagte, das absolut keine Zeit zu verlieren war.

Schon warf ihm Julian einen panischen Blick zu. In diesem Moment gab unter Dicks Hand plötzlich ein Mosaikteil nach!

»Achtung!«, brüllte er, als auch schon eine Wand aus Stein von der Decke herabsauste und die Männer, die um den Sarkophag versammelt waren, mitsamt ihren Kisten hinter sich verbarg.

Geschickt rollten sich Dick und Julian zur Seite. Der Luftsog strich scharf über sie hinweg.

Im selben Moment erfüllte ein unheilvolles Ratschen plötzlich den Raum.

»Nein, Timmy!«, schrie George, als sie das Seil endgültig reißen sah.

Sie stürzte auf den Käfig zu, streckte den Arm, so weit sie konnte, und bekam in allerletzter Sekunde das Ende des Stricks zu fassen. Mit zusammengebissenen Zähne umklammerte sie es. Doch der Käfig war zu schwer. Sie spürte, wie ihr die Fasern durch die Hand glitten.

Da schnellte eine weitere Hand nach vorn und griff ebenfalls beherzt nach dem Seil. Auni schenkte George ein zufriedenes Grinsen.

»Danke, Auni!«, stöhnte George heftig nach Atem ringend. »Danke!«

Und dann waren auch schon Anne, Dick und Julian zur Stelle und halfen, den Käfig zur Seite und damit in Sicherheit zu wuchten. George und Auni konnten den Käfig abstellen. Sie atmeten auf. Timmy war gerettet!

Anne hatte ein wenig Mühe, den Käfig zu öffnen. Ihre Finger zitterten so sehr, vor Aufregung und von der großen Anstrengung. Doch dann kam Timmy endlich aus seinem Gefängnis gesprungen – direkt in Georges Arme. Tränen der Erleichterung liefen George über das Gesicht und zogen Bahnen in die Schicht aus hellem Steinstaub. Sie war so froh! Doch es blieb keine Zeit für eine ausführliche Begrüßung.

In diesem Augenblick erkannten die Freunde, dass einer der Männer es geschafft hatte, dem steinernen Gefängnis zu entkommen. Während seine Männer so von ihrem Tun gefesselt waren, hatte sich Farouk geistesgegenwärtig mit einem Hechtsprung hinausgerettet.

Erschrocken sahen die Freunde ihn auf dem Boden liegen, um gleich darauf erleichtert festzustellen, dass der Ärmel seiner Kutte unter der schweren Wand festklemmte.

Aber sie hatten sich zu früh gefreut.

Soeben war es Farouk gelungen, sich aus seiner misslichen Lage zu befreien. Ein abgerissenes Stück seines Ärmels klemmte unter der Steinwand. Sie hörten die eingesperrten Männer von innen wie die Wilden dagegentrommeln und -treten.

Schon rappelte sich der Anführer auf und stürmte auf die Freunde los, das Gesicht zu einer zornigen Fratze verzogen.

»Los, lauft!«, brüllte George und schob die anderen vor sich her zum Ausgang.

Sie spürte mehr, als dass sie sah, wie sich Farouk von hinten auf sie stürzte und ihren Fuß zu fassen bekam. Im letzten Moment rollte sie geschickt zur Seite, griff in ihre Hosentasche und fischte das Parfümfläschchen heraus. Ein kräftiger Druck auf den Pumpkopf, und eine ordentliche Ladung sprühte Farouk direkt ins Gesicht.

Schreiend hob Farouk die Hände vor die Augen. »Ahhh! Bleibt stehen!«

George sprang auf und rannte hinter den Freunden her. Sie hob das Fläschchen in die Höhe. »Tolles Parfüm!«

Die Freunde machten nacheinander einen Satz über den Wachmann, den sie vorhin k.o. geschlagen hatten und der immer noch in süßen Träumen schlummerte, und rannten den Gang hinunter. Vor ihnen wartete ein wahres Labyrinth auf sie.

»Verdammt, wo müssen wir denn lang?«, fragte Anne

verwirrt. »Das fehlt gerade noch, dass wir uns hoffnungslos verlaufen!«

Julian blickte sich suchend um. Das sah hier alles so gleich aus! »Ich habe echt keine Ahnung!«

Aber die hatte Timmy. Er schnüffelte kurz und gab den Freunden mit einem kurzen, kräftigen Bellen zu verstehen, dass sie ihm folgen sollten. Er wusste, wo es langging.

»Wie gut, dass er wieder bei uns ist«, sagte Anne.

»Sowieso«, erwiderte George und zwinkerte ihr zu.

Timmy rannte vorweg, gerade so schnell, dass die Kinder ihm gut folgen konnten.

Hinter sich hörten sie die Schritte Farouks. Er war ihnen auf den Fersen! Und er hatte dem Wachmann die Waffe abgenommen!

»Au Backe, nichts wie weg hier, er ist bewaffnet!«, rief Anne.

»Bleibt stehen!«, brüllte Farouk. Doch seine Worte verhallten im Gang.

»Da!«, rief Dick schließlich und zeigte nach vorn.

»Endlich Tageslicht!« Anne war vollkommen erleichtert. Plötzlich trugen ihre Füße sie wie von selbst. Alle Erschöpfung, die vorhin noch wie Blei an ihr gehangen hatte, war abgefallen.

Eilig rannten sie die Stufen hinauf, die sie aus der Grabkammer führten. Der Moment, als Farouk sie vorhin hier hinunterbefohlen hatte, schien unendlich weit weg.

Julian rannte zu dem Sockel hinüber und schnappte sich die Amulette.

»Wo ist Auni?«, fragte George und blinzelte in die Sonne.

»Keine Ahnung. Eben war er doch noch vor uns«, keuchte Dick im Laufen.

Plötzlich waren Motorengeräusche zu hören. Erschrocken rannten die Freunde los, um auf der anderen Seite des Platzes in Deckung zu gehen, als sie einen schwarzen Van herannahen sahen.

»Verdammt, da sind noch mehr von denen«, rief Dick.

Die Freunde rannten, was das Zeug hielt. Doch der Wagen hatte sie schnell eingeholt. Er überholte. Bremsen quietschten. Der Van stellte sich ihnen quer in den Weg.

Entsetzt blieben die Freunde stehen. Das durfte einfach nicht wahr sein! Sollten sie jetzt noch in die Falle geraten?

Langsam senkte sich die verdunkelte Scheibe auf der Fahrerseite ... und Auni grinste ihnen breit entgegen.

»Warum zu Fuß gehen, wenn man vier gesunde Räder hat?«

Julian wedelte aufgeregt mit den Armen, um die Freunde in den Van zu scheuchen. »Beeilung!«

Auni wendete den Wagen in einem rasanten Manöver. Er gab Gas und steuerte das Fahrzeug mitten durch das Zeltlager.

Plötzlich riss er die Augen auf und machte eine Vollbremsung. Sand wirbelte auf und hüllte alles in eine undurchdringliche Wolke.

»Auni, was soll das?«, schimpfte Dick. Er wäre beinahe durch den Laderaum geschleudert worden.

Während der Sand sich langsam wieder setzte, sahen sie es selbst.

»Farouk!«, rief Julian.

Als sie die gezückte Waffe erkannte, die der Museumsleiter direkt auf sie gerichtet hielt, schrie Anne auf.

Die Freunde hörten es deutlich klicken. Farouk hatte den Abzug gespannt. »Okay. Das war's!«, knurrte er.

Auf einmal kam ein Schatten angehuscht und mit einem lauten »Plonk!« ging Farouk zu Boden. Und dort, wo eben noch er gestanden hatten, war nun Elena zu sehen – mit einer Schaufel in der Hand und einem zufriedenen Lächeln im Gesicht.

»Ganz genau! Das war's!«, fauchte sie. Aus ihrer Stimme sprach der ganze Zorn, der sich in den letzten Tagen aufgestaut hatte.

Auni nickte anerkennend. »Voll krass!«

»Aber jetzt los!« Elena sprang auf die Seite des Autos und machte eine Handbewegung, als wollte sie ein Huhn vom Platz scheuchen. »Ihr müsst zu eurem Vater. Wir kommen hier schon klar solange.«

Julian vergewisserte sich mit einem Blick, dass es Ibrahim gut ging. Der alte Mann saß im Schatten und trank Wasser. Die Farbe des Lebens war in sein Gesicht zurückgekehrt. »Danke, Elena«, sagte Julian. »Danke!« Im Losfahren sahen die Freunde noch, wie Farouk versuchte, sich aufzurappeln. Darauf versetzte Elena ihm gleich wieder eins mit der Schaufel.

Dick atmete auf. »Und jetzt schnell! Wir müssen zum Gericht!«

Anne legte sich die Hand auf den Brustkorb und spürte, wie sich ihr Herzschlag langsam etwas beruhigte. »Wann müssen wir da sein?«

Dick schaute auf seine Armbanduhr. »Jetzt!«

»Gib Gas, Auni!«, brüllte George. »Gib Gas!«

Und Auni gab Gas!


Während die Freunde und Auni in dem schwarzen Van auf Kairo zurasten, hatte die Verhandlung im Gerichtsgebäude gerade begonnen. Soeben hatte der Staatsanwalt das Wort erteilt bekommen. Bernhard Kirrin hatte den Kopf gesenkt, als laste seine ausweglose Situation so schwer auf ihm, dass er nicht einmal die Kraft aufbringen konnte, das Geschehen zu verfolgen. Die einleitenden Worte des Staatsanwaltes drangen wie durch einen Nebel zu ihm vor.

»... und im Laufe der Verhandlung wird die Anklage beweisen, dass Herr Bernhard Kirrin die Amulette, die zur Grabkammer des Pharaos Tutalun führen, gestohlen hat und damit das Land verlassen wollte.«

Mit diesen Worten setzte sich der Staatsanwalt, begleitet von einem bedächtigen Nicken des Richters, auf seinen Platz. Aus dem Augenwinkel sah Bernhard Kirrin immer wieder verzweifelt zu seinem Anwalt hinüber, doch der machte keine Anstalten, Einspruch zu erheben. Zornig knirschte er mit den Zähnen, als ihm klar wurde, dass dieser eingebildete Mensch tatsächlich eingenickt zu sein schien!

Schließlich nahm Bernhard Kirrin alle Kraft zusammen und ergriff selbst das Wort. »Euer Ehren! Wie oft soll ich es denn noch sagen? Ich habe die Amulette nicht gestohlen und ich ...«

Doch der Richter wies ihn zurecht: »Herr Kirrin, bitte respektieren Sie die Würde des Gerichts und überlassen Ihrem Anwalt das Wort.«

Bernhard Kirrin ballte unter dem Tisch die Fäuste.

»Herr Ramsi?«, sprach der Richter nun den Anwalt direkt an, doch erst als er mit dem Hammer auf den Richtertisch schlug, erwachte Ramsi aus seiner Lethargie. »Nein, Mama, bitte! Ich habe nicht vom Kuchen genascht«, stammelte der Anwalt unter den amüsierten Blicken der Anwesenden.

Dann hatte er sich gefasst und sagte: »Ach so, ja, natürlich.« Hektisch begann er in seinen Unterlagen zu blättern. »Mein Mandant sagt, er habe die Amulette nicht gestohlen.«

Der Richter holte tief Luft und hatte offenbar Mühe, gelassen zu bleiben. »Das hat uns der Angeklagte bereits selbst gesagt.«

»Äh, ja. Schön. Genau. Richtig.« Ramsi wirkte vollkommen fahrig. »Und deshalb widerspreche ich ganz klar den Aussagen der Staatsanwaltschaft.«

Der Richter war mit seiner Geduld bereits jetzt am Ende, blieb aber ruhig. »Herr Ramsi, welchen Aussagen widersprechen Sie konkret?«

»Allen?«, fragte dieser mehr als dass er es feststellte, nachdem er einen Blick mit Bernhard Kirrin gewechselt hatte.

Ein Raunen ging durchs Publikum.

Mit einem selbstsicheren Grinsen auf den Lippen ließ der Anwalt sich schwerfällig wieder in den Sessel plumpsen. Er warf Bernhard Kirrin einen zufriedenen Blick zu und nickte.

Ja, ist dem denn gar nicht bewusst, dass er mich immer weiter in die Misere hineinmanövriert?, dachte Bernhard Kirrin.

»Nun gut, dann machen wir jetzt weiter mit der Zeugenbefragung«, entschied der Richter und erteilte dem Staatsanwalt erneut das Wort.

Dieser rief einen Polizisten in den Zeugenstand.

Bernhard Kirrin fixierte den Mann. Woher kannte er das Gesicht? Eine vage Erinnerung trat hervor. Dann war es ihm plötzlich klar: Das war einer von den Männern, die ihn im Auto gefunden hatten, als er angeblich fliehen wollte.

Der Mann spielte nervös mit einem dicken Ring an seinem Finger. Bernhard Kirrin beugte sich vor, denn ihm war aufgefallen, dass dies ein besonderer Ring war. Wie eine Art Siegelring mutete er an, doch Bernhard Kirrin konnte nicht richtig erkennen, was darauf abgebildet war. Er blinzelte. Auf einmal durchzuckte es ihn wie ein sanfter Stromschlag. War das etwa ein Stier? »Das Symbol des Geheimbundes«, flüsterte er beinahe lautlos vor sich hin. Konnte das sein?

Vor Aufregung hörte er das Blut in den Adern rauschen.

Währenddessen begann der Beamte mit der Zeugenaussage. »Mein Kollege und ich schnappten den Angeklagten in seinem Fluchtauto. Er war offensichtlich auf dem Weg zum Flughafen.«

Der Staatsanwalt nahm etwas von seinem Tisch und brachte es zum Richterpult. »Beweisstück 3A, hohes Gericht. Ein Flugticket. Dies beweist eindeutig, dass der Angeklagte das Land verlassen wollte.«

Der Richter betrachtete das Ticket eindringlich.

»Keine weiteren Fragen«, sagte schließlich der Staatsanwalt und kehrte zu seinem Platz zurück.

Bernhard Kirrin verzweifelte mehr und mehr. Er fühlte sich einsam und hilflos und fragte sich, ob wenigstens die Kinder in Sicherheit waren. Fest schloss er die Finger um den kleinen Schutzengel, den Anne ihm gegeben hatte.

»Herr Verteidiger, Ihr Zeuge«, wandte der Richter sich an Ramsi.

»Wie können Sie sich so sicher sein, dass dieses Flugticket meinem Mandanten, Bernhard Kirrin, gehört?«, fragte Ramsi, als er vor den Beamten getreten war.

Der Zeuge sah Ramsi an, als habe er ihn gerade gefragt, ob er der Kaiser von China sei. »Weil sein Name auf dem Flugticket steht?!«, antwortete er spottend.

Der Richter gab Ramsi zu verstehen, dass der Polizist recht hatte.

Ramsi wirkte verwirrt und unsicher. »Ich verstehe«, sagte er und schwitzte heftig. »Nun ja. Keine weitere Fragen, Euer Ehren.« Er humpelte zu seinem Platz zurück.

Bernhard Kirrin schüttelte den Kopf über so viel Unfähigkeit. Das ist ja wohl die Höhe!, dachte er. Mehr fiel diesem Einfaltspinsel nicht dazu ein? Was für ein Theater wurde hier gespielt?

Bernhard Kirrin, angesehener Wissenschaftler und Fachmann für Altertumskunde, degradiert zum Narren der Justiz, dachte er niedergeschlagen. Beinahe hätte er sich selbst Beifall geklatscht.

Der Richter räusperte sich. »Die Beweisaufnahme scheint demnach abgeschlossen. Kommen wir nun zu den Schlussplädoyers.« Er machte eine ausholende Geste in Richtung Anklagebank. »Herr Staatsanwalt, bitte.«

Der großgewachsene, dunkelhaarige Mann zupfte sich seine Robe zurecht und baute sich vor den Zuschauern auf. »Meine Damen und Herren. Der Angeklagte Bernhard Kirrin hat – und ich denke dies ausreichend bewiesen zu haben – Farouk El Harady niedergeschlagen.« Er hob das Brecheisen als Beweisstück in die Höhe. »Dann hat er ihm die Amulette gestohlen.«

Um Bernhard Kirrin verschwammen plötzlich alle Konturen. Die Stimmen klangen seltsam diffus. Ihm wurde schwindelig.

Hilflos starrte er auf den kleinen Schutzengel in seiner Hand.

Die Beweislage war eindeutig.

Wer oder was sollte ihn jetzt noch retten?

 Kapitel 14

In den Gängen des Gerichtsgebäudes roch es nach Bohnerwachs. Auf der Treppe mussten die Freunde höllisch aufpassen, nicht auszurutschen.

»Bitte, bitte, lasst uns noch rechtzeitig kommen!«, stöhnte Anne mit letzter Puste. »Hoffentlich haben sie Papa noch nicht verurteilt!«

Nachdem der dichte Verkehr Kairos und sogar eine Schafherde mitten in der Stadt sie ein ums andere Mal ausgebremst hatten, so, als wollte das Schicksal sie immer weiter herausfordern, waren sie schließlich aus dem Van gesprungen und hatten das letzte Stück zum Gericht zu Fuß zurückgelegt. Wie gut, dass Auni eine Abkürzung kannte!

Nur kurz orientierten sie sich an der Anzeigentafel im Foyer, dann wussten sie, zu welchem Gerichtssaal sie mussten. Vollkommen außer Atem blieben sie vor der Tür stehen.

»Ja, hoffentlich sind wir nicht zu spät«, keuchte Julian und umklammerte die Amulette mit beiden Händen.

Vorsichtig drückte Dick die Klinke und ließ die schwere Tür aufgleiten. Nacheinander schlichen die Freunde und Auni in den großen Saal. Zunächst blieben sie am Eingang stehen. Erst einmal die Lage sondieren! Ein Gerichtsdiener stellte sich ihnen sogleich in den Weg und signalisierte, dass sie hier nicht weiter durften, um die Verhandlung nicht zu stören.

Eine ganze Reihe Leute saßen im Saal und beobachteten den Prozess. Dick überschlug, dass es fast dreißig waren. Ihr Vater saß mit dem Rücken zu ihnen, sodass er sie nicht bemerkte. Neben ihm war Ramsi an seiner plumpen Silhouette unschwer zu erkennen.

Ein kurzes Nicken der Freunde. Also los!

Während die anderen die Aufmerksamkeit des Gerichtsdieners auf sich zogen, indem sie so taten, als wollten sie eine Rangelei anfangen, schlich sich Julian ungesehen an ihm vorbei.

Ramsi erschrak, als er ihm auf die Schulter tippte.

»Julian!«, flüsterte Bernhard Kirrin. Er sah seinen Sohn vollkommen überrascht und vor allem erleichtert an.

Julian gab Ramsi die Amulette. »Das hier dürfte meinen Vater entlasten«, flüsterte er.

Erstaunt zog der Vater die Augenbrauen hoch und hauchte Julian ein »Danke!« zu. Eine zentnerschwere Last fiel von ihm ab, das war deutlich zu sehen.

Ramsi wog die Amulette in der hohlen Hand und hob den Blick zum Staatsanwalt, der mit seinem Plädoyer fortfuhr. »Bernhard Kirrin wollte – und auch das konnte von der Anklage bewiesen werden – gerade das Land verlassen, als er von der Polizei aufgegriffen wurde. Da sich der Angeklagte bis heute weigert, uns das Versteck der Amulette mitzuteilen, beantragt die Staatsanwaltschaft das Höchstmaß der dafür vorgesehenen Strafe. Vielen Dank.«

Mit der Andeutung eines Dieners trat der Staatsanwalt ab.

Jetzt hatte der Richter das Wort und Julian spürte ein deutliches Kribbeln in Armen und Beinen. Er war so gespannt auf den Moment, in dem Ramsi die Amulette präsentieren würde. Und dann wäre der Vater frei und von jeder Schuld losgesprochen!

»Vielen Dank, Herr Staatsanwalt«, sagte der Richter. »Nun. Damit, so nehme ich an, ist die Beweisführung von Seiten der Anklage beendet. Kommen wir nun zu Ihnen, Herr Ramsi. Gibt es noch irgendetwas, das die Verteidigung zur Entlastung des Angeklagten vorzutragen hat?«

Sein Vater, der inzwischen auch die anderen im Gerichtssaal ausgemacht hatte, blickte dankbar von einem zum nächsten. Er konnte es kaum glauben, dass sie es tatsächlich geschafft hatten, die Amulette zu finden und an sich zu nehmen.

Langsam und behäbig erhob sich Ramsi nun von seinem Stuhl und humpelte nach vorn zum Richtertisch, wobei er sich schwer auf seinen Gehstock stützte.

Alle Augen waren auf ihn gerichtet.

Julian hielt die Luft an. Jetzt war es so weit!

Ramsi spielte mit dem Knauf seines Stockes, als er zu reden ansetzte. »Nein, Euer Ehren. Keine weiteren Beweise«, sagt er.

Julian schluckte heftig. Was hatte das zu bedeuten? Entsetzt suchte er die Blicke der anderen, die ebenfalls ratlos in die Runde schauten.

Wie durch Watte hörte Julian die Worte des Richters: »Das Gericht zieht sich bis zur Urteilsverkündung zurück.«

In diesem Moment sah Julian es. Der silberne Knauf von Ramsis Stock! Ein Bild war darauf eingraviert. Jetzt war es deutlich zu erkennen: der Jäger des Stiers! Das Zeichen der Verschwörer!

Julian streckte den Arm aus und zeigte auf den Stock. »Ramsi gehört zu denen!«, brüllte er. »Er ist einer von ihnen!«

Plötzlich war der alte Mann, der eben noch so schwerfällig dahergehumpelt war, flink wie ein Wiesel. Schon wollte er durch die Tür verschwinden.

Auni stand der Tür am nächsten. »Halt ihn auf!«, rief George ihm zu.

Das hätte sie ihm nicht zu sagen brauchen, denn Auni hatte sich dem alten Mann bereits in den Weg gestellt. Diesmal wollte er seine Sache gut machen!

Die Freunde beobachteten die Szene wie in einem Déjà-vu und zuckten zusammen, als Ramsi in der folgenden Rangelei plötzlich den Stock hob und Auni nach einem Schlag unsanft zu Boden ging.

»Nein!«, schrie George auf und war auch schon an der Seite des Freundes. Auni schien nicht bei Bewusstsein zu sein.

Nun kam auch der Richter herbei. Er hatte Bernhard Kirrin angewiesen, sitzenzubleiben. Ein lautes Murmeln erfüllte die Reihen der Zuschauer.

Auni öffnete langsam die Augen, lächelte, griff nach Georges Hand und legte die Amulette hinein.

»Hier, die Amulette. Hab ich ihm geklaut«, sagte er mit seinem typischen, verschmitzten Grinsen.

»Kann mir jemand erklären, was hier vor sich geht?«, fragte der Richter ungehalten. Er beugte sich über die Freunde. »Alles in Ordnung mit ihm?«

»Alles in Ordnung, Euer Ehren«, antwortete Auni. »Ist doch logo.«

Auni war zufrieden. Diesmal hatte er nicht versagt. Und als George ihm ein Lächeln schenkte, war er glückselig.

George drückte dem Richter die Amulette in die Hand.

»Sehen Sie, unser Vater ist unschuldig«, sagte Anne, obwohl sie wusste, dass eine Erklärung nun eigentlich überflüssig war.

Der Richter nickte ihr zu und schloss die Finger um die Amulette.

»Und den Rest können wir ihnen auch noch erklä-ren«, fügte Julian hinzu.

»Und jetzt holt euch Ramsi«, sagte Auni. Dann ließ er den Kopf wieder auf den Boden sinken.

Die Freunde nahmen die Verfolgung auf.

»Mist, sein Vorsprung ist zu groß!«, stöhnte Julian, als er den Treppenabsatz erreicht hatte. Die Freunde rannten um die Balustrade herum.

Ramsi stand bereits am Fuße der Treppe und schickte ihnen ein siegessicheres Grinsen hinauf. Er wusste, dass er uneinholbar war.

Doch er hatte Dick nicht auf seiner Rechnung, der sich kurzerhand eine große Mülltonne von einem Putz-wagen schnappte, sie ausschüttete und zielsicher von der Balustrade fallen ließ.

Ramsi war so verdutzt, dass er regungslos dastand. Die Tonne landete genau mit der Öffnung über seinem Kopf.

»Ja, Volltreffer!« Anne riss die Arme hoch. »Bravo, Dick!«

Dick zuckte mit den Schultern und sagte verschmitzt: »Ist doch logo.«

Und dann schauten sie zu, wie Ramsi begann, mit der Tonne über dem Kopf hin und her zu taumeln, und schließlich vor die nächste Säule rannte.

Es machte laut »Boing!«. Die Freunde hatten diebi-schen Spaß.

Dick hob die Hand. Die anderen klatschten ab. Selbst Timmy streckte die Pfote.

Plötzlich tauchte wie aus dem Nichts eine Reporterin auf. Grelle Scheinwerfer flammten auf, eine Kamera wurde ausgerichtet.

»Wir berichten live aus dem Gericht im Fall der gestohlenen Amulette«, sprach die Reporterin sehr konzentriert und wohlartikuliert in die Kamera. »Soeben hat sich eine überraschende Wendung ergeben …«

Und dann kroch Ramsi mit der Mülltonne durch das Bild.

Langsam senkte sich die Dämmerung über Kairo. Aus allen Richtungen drang das laute Zirpen der Zikaden zu ihnen herauf auf die Dachterrasse. Die Freunde saßen mit ihrem Vater, Elena, Ibrahim und Auni zusammen und verfolgten aufmerksam die Berichterstattung im Fernsehen.

»Eine kriminelle Geheimloge, die sogenannten ›Jäger des Stiers‹, konnte überführt werden«, erklärte die Nachrichtensprecherin. »Darunter angesehene Persönlichkeiten aus der Gesellschaft.« Jetzt wurden nacheinander Bilder von Professor Farouk El Harady als Anführer der Loge und von Ashraff Ramsi eingeblendet, dem Anwalt, der den, wie sich nun herausgestellt habe, zu Unrecht verhafteten Bernhard Kirrin vor Gericht vertreten habe.

»Ich bin so stolz auf euch«, sagte der Vater, der zwischen seinen Kindern saß und ebenso wie sie gebannt auf den Bildschirm starrte. Er drückte Anne an sich. »Vielen Dank. Wirklich!«

Julian und Dick lächelten Elena an. Wir haben alle unseren Anteil daran, sollte das heißen.

*»Nur dem beherzten Einsatz von fünf Freunden und dem Straßenjungen Auni ist es zu verdanken, dass den Verbrechern das Handwerk gelegt werden konnte«*, fuhr die Nachrichtensprecherin fort.

Auni und die Freunde kicherten verschämt, als nun auch noch eine Aufnahme von ihnen auf dem Bildschirm erschien.

Dann griff Auni nach der Fernbedienung und schaltete den Fernseher aus.

Ibrahim nickte. »Ex-Straßenjunge würde ich sagen.« Er strahlte Auni an, doch der verstand nicht sofort.

Elena legte dem Jungen die Hand auf den Unterarm. »In Zukunft wirst du bei uns wohnen, Auni. Außerdem kann mein Vater sehr gut jemanden gebrauchen, der ihm ab und zu an seinem Gemüsestand unter die Arme greift.«

Auni schoss das Blut in den Kopf. Er wusste nicht, was er sagen sollte, und suchte die Blicke der anderen.

»Nun, was ist?«, fragte Ibrahim. »Hast du Lust?«

»Ich … ja … Ich …«, stammelte Auni gerührt.

Jetzt musste George laut lachen. »Das ist das erste Mal, dass ich dich sprachlos erlebe!«

Julian drehte sich zu Elena und Ibrahim um und nickte ihnen zu. »Aber passt auf, dass er euch nicht zu sehr auf die Nerven geht.«

Auni zuckte mit den Schultern und lächelte die Freunde an. »Sieht so aus, als hätte ich jetzt eine Familie.«

Die Freunde lächelten zurück. Sie freuten sich so sehr für Auni, dem sie viel zu verdanken hatten.

Plötzlich setzte Elena eine strenge Miene auf. »In Zukunft wirst du natürlich zur Schule gehen! Wir wollen ja, dass aus dir was wird.«

Die Freunde lachten, denn das erleichterte Lächeln schwand aus Aunis Gesicht.

George zwinkerte ihm zu. Du machst das schon, sollte das heißen.

Jetzt stand Ibrahim auf. »Ich möchte euch allen noch einmal danken«, sagte er feierlich und sichtlich gerührt. Tränen glänzten in seinen Augen. »Ohne euch wäre ich nicht mehr hier. Wann immer ihr in Kairo seid, meine Familie heißt euch willkommen.«

Nun stand auch Auni auf und stellte sich an die Seite des alten Mannes. Ja, sie waren nun eine Familie.

Die Freunde bedankten sich. Auf einmal überkam sie eine große Traurigkeit. Der Moment des Abschieds war gekommen. Schon war von draußen ein Hupen zu hören.

»Unser Taxi«, sagte Bernhard Kirrin. »Wir müssen los zum Flughafen.«

»Auch wir müssen nämlich wieder zur Schule«, erklärte George Auni mit einem erneuten Zwinkern. »Dann mach's mal gut.«

Auni boxte George gegen die Schulter. »War eine verdammt coole Action mit dir, Baby. Falls du mal wieder in der Gegend bist… Du weißt ja, wo du mich jetzt finden kannst.«

George grinste breit. »Mach ich vielleicht echt irgendwann… Baby!«

Damit hatte Auni nicht gerechnet und spürte das Blut schon wieder in seinen Kopf schießen.

»Ja, dann«, sagte er leise. Noch einmal hob er die Hand zum Gruß. Doch George ignorierte seine Hand und nahm ihn kurzerhand fest in den Arm.

»Los, noch seid ihr da«, rief plötzlich Ibrahim, der von irgendwoher eine Kamera geholt hatte. »Stellt euch zusammen! Ich möchte noch ein schönes Erinnerungsfoto von meinen Freunden machen.«

»Cheeese!«, hallte es von der Dachterrasse in den Abendhimmel.

## Fünf Freunde reloaded – Spannende Abenteuer für Kinder von heute!

Die Fünf Freunde – das sind Julian, Dick, Anne und George (die eigentlich Georgina heißt) sowie Timmy, der Hund. Sie schlittern von einem Abenteuer ins nächste – wo sie sind, ist einfach immer was los! Mit Köpfchen, Tricks und Tims Superspürnase lösen sie selbst den kniffligsten Fall.

**Fünf Freunde erforschen die Schatzinsel**
Band 1, 160 Seiten, ISBN 978-3-570-17109-7

**Fünf Freunde auf neuen Abenteuern**
Band 2, 160 Seiten, ISBN 978-3-570-17110-3

**Fünf Freunde auf geheimnisvollen Spuren**
Band 3, 160 Seiten, ISBN 978-3-570-17111-0

**Fünf Freunde auf Schmugglerjagd**
Band 4, 160 Seiten, ISBN 978-3-570-17112-7

**Fünf Freunde bein Wanderzirkus**
Band 5, 160 Seiten, ISBN 978-3-570-17136-3

www.cbj-verlag.de

10299

# Enid Blyton

## Fünf Freunde – Das Buch zum zweiten Film

Band 2, 160 Seiten
ISBN 978-3-570-15679-7

Dieses Mal verreisen die Fünf Freunde zum ersten Mal ganz allein. Doch unterwegs wird Dick mit dem Millionärssohn Hardy verwechselt und entführt. Die Kidnapper sind hinter einem sagenumwobenen Edelstein her, und Hardy weiß offenbar, wo der zu finden ist. Eine wilde Jagd führt die Freunde zu einem geheimnisvollen Wanderzirkus und in die abenteuerlichen Höhlen im Gaffensteinfelsen...
Die spannende Geschichte basiert auf dem Drehbuch zum gleichnamigen Kinofilm und wird mit den schönsten Szenenfotos der Verfilmung ergänzt.

www.cbj-verlag.de

# Enid Blyton

## Fünf Freunde – Das Buch zum dritten Film

Band 3, 160 Seiten
ISBN 978-3-570-15797-8

In einem alten Schiffswrack finden die Fünf Freunde einen Hinweis
auf einen sagenumwobenen Piratenschatz. Zusammen mit dem
Fischermädchen Joe begeben sie sich auf die gefährliche Suche. Viel zu
spät bemerken sie, dass sich ein Gangsterpärchen an ihre Fersen geheftet
hat. Gerade noch rechtzeitig gelingt es ihnen, sie abzuhängen –
da verletzt sich Julian schwer ...
Die spannende Geschichte basiert auf dem Drehbuch zum gleichnamigen
Kinofilm und wird mit den schönsten Szenenfotos der Verfilmung ergänzt.

www.cbj-verlag.de

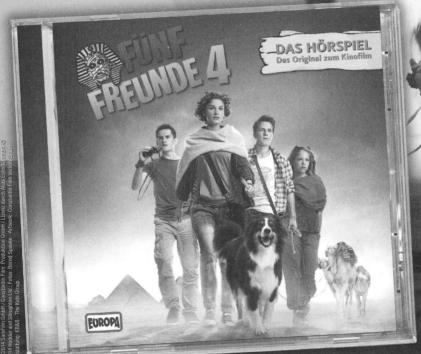